未读 ADR | 文艺家

设计师联名书系 · K经典

变形记

Die Verwandlung

[奥]弗朗茨 · 卡夫卡 Franz Kafka 著
彤雅立 译

卡夫卡中短篇作品
德文直译全集

UNREAD
北京燕山出版社
BEIJING YANSHAN PRESS

目 录

作品简介

《变形记》（*Die Verwandlung*）为卡夫卡的代表作，写于1912年11月至12月期间，曾于1913年3月在好友马克斯·布罗德家中聚会朗读。1915年10月，《变形记》发表于德国表现主义文学月刊《白书页》（*Die Weißen Blätter*, 1913—1920），同年11月由德国科尔特·沃尔夫出版社（Kurt Wolff Verlag）出版单行本。本书的英语名译为*Metamorphosis*，故有“变形记”的译法。

一

某日早晨，格雷戈尔·萨姆萨从不安的梦境中醒来，发现自己在床上，蜕变成一只阴森巨大的害虫[1]。他仰面躺着，如盔甲般坚硬的背贴着床，然后微微抬起头，就能看见自己隆起的褐色的肚子，上面有一节一节的弧形突起、僵硬的肌肉，由于突起的高度，覆

1　此处的“害虫”（Ungeziefer）意为有害的昆虫或动物，源自中古高地德语“ungezīibere”与古高地德语“zebar”，原意为“不洁而无法用以献祭的牲畜”。马丁·路德（Martin Luther，1483—1546）译自犹太教主要经籍《塔纳赫》（*Tanakh*）的《圣经·旧约》当中，常用其描述牲畜献祭与祸害。《圣经》在16世纪首度由马丁·路德将希伯来文与希腊文直译为德文，对德语地区新教徒影响甚深。由于犹太人不信基督教，马丁·路德开始反犹并著述《犹太人和他们的谎言》（*Von den Juden und ihren Lügen*，1543），影响了日耳曼诸邦，导致1570年开始全面排犹；1614年，法兰克福发生屠犹事件，犹太人被逐出后被迫迁移。

在上面的棉被几乎要往下滑，无法维持原状。他那许多条腿，与他的身形相较之下显得细小、可怜兮兮的，无助地在他的眼前挥动。

“我究竟发生了什么事？”他想着。这并不是梦。他的房间，确实是人类的房间，只是过于狭小了，静静地被四面熟悉的墙包围着。桌面上摆放着分装的布料图案——格雷戈尔是个旅行业务员，墙上则挂着一幅他前阵子从画报上剪下来的画，裱在一个漂亮的金色画框里。画里有个妇人戴着绒帽，披着披肩，她正对看画的人，高举着隐在厚重皮套筒中的手臂。

格雷戈尔的目光随即望向窗外。雨水滴滴答答地打在窗棂的铁皮上，沉郁的天气使他格外忧郁。“若是我再继续睡一会儿，能不能就此忘掉一切愚蠢无聊的事呢？”他心中如此盘算，却事与愿违，因为他已习惯往右边侧睡，而此时此刻，他却无法躺成那样的姿势。无论他使了多少力气往右侧翻身，结果都会如秋千一般荡回原来仰卧的姿势。他大抵试了上百回后，闭上眼，好让自己看不见那些令人烦躁不安的腿，直到腹侧前所未有地开始隐隐作痛，他停止了挣扎。

“我的老天，”他心想，“我选了一份多么艰困的工作！日复一日地奔波。行旅奔波，远比在家乡办公来得辛劳，此外，我的身体不仅担负着旅途的劳顿，还要忧虑火车衔接的班次，不定时且草率的餐肴，还有总是变换、既不持续也不真诚的人际交往。都是撒旦把一切搞砸了！”他感觉上腹有些微微发痒，便拖着背慢慢接近床头栏杆，好让头能够稍微抬高。他发现发痒的部位布满了白色的小斑点，对此他完全无法解释，想用一条腿触摸它，却又立刻缩回来，因为一旦触碰，便有冷战袭来，足以将他击倒。

于是他继续挪动身体，回到原来的姿势。“这样早起床只会使人变笨，”他想着，“人是需要睡眠的。其他的旅行业务员却过得有如后宫佳丽。譬如当我上午赶回旅行社处理订单的时候，这些先生才刚刚坐下来享用早餐。如果换作我胆敢在老板面前这样，早就被解雇了。谁会知道，这对我来说又何尝不是一件好事呢？如果不是考虑到我的父母亲，也许我早就辞职了。我一定会走到老板面前，将埋在心底的真实想法说出来。他一定会从办公桌上跌下来！说到老板坐在办公桌上，高高在上地与雇员说话，这真是奇特的方式；而且由于老板重听，雇员不得不走到他面前。如今，希望的烛火并没有完全熄灭；我一旦存够钱，还清父母欠他的债务——可能还要五六年的时间——我一定会做到。如此一来，便得解脱。不过，眼下我必须早起，因为我的火车五点钟开。”

他看了一眼柜子上嘀嗒作响的闹钟，已经六点半了。分针缓缓前进，甚至已经过了半点，已接近四十五分了。难道闹钟没有响过？从床上看去，闹钟设定的时间是四点，它一定响过了。可是，那足以撼动家具的响声怎么可能会让人安稳地睡过头呢？如今他睡得一点儿也不安稳，也许正因如此，他才睡得更沉。但他现在该怎么办？下一班火车七点开，要想赶上火车，他现在就得死命地加快脚步，可是布料的货样还没有打包好，而他也感觉自己并不那么清爽敏捷。就算他能够赶上那班火车，也无法避免老板雷霆暴怒，因为旅行社的杂工已经在五点那班火车上等着了，而他错过火车这件事也早被通报了。他真是老板的走狗，既没风骨也没脑袋。而今，要是他请病假呢？这样却会显得非常尴尬且可疑，因为格雷戈尔在工作的五年里，还不曾生过一次病。而且老板一定会带着医疗保险的特约医生前来，责备父母养了这么一个懒惰的儿子，然后用特约医生的诊断驳斥所有的辩解——他毕竟还是相当健康的，只是不敢去上班。我们能说医生这么做哪里不对吗？确实，格雷戈尔感到自己经过长长的睡眠之后，实在只有多余的困意，他觉得身体很好，甚至有种强烈的饥饿感。

当他速速考虑过后，还没能下决心离开床铺——

刚好闹钟在六点四十五分的时候响了，有人在他床头的门上轻敲。“格雷戈尔，”有人喊道——那是他的母亲——“六点四十五分了。你不是要出门赶车吗？”那温柔的声音！格雷戈尔听见自己答话的声音时，着实受到了惊吓；他的声音显然一如往常，却夹杂着一道从体内升上来、不可遏抑且痛苦的嘶叫声，说出来的话语只在第一时间维持清晰，其后的余音则被毁坏，他甚至不晓得人们是否听见了。格雷戈尔想要巨细无遗地回答并解释一切，但在这样的情况下，他只能说：“好，好，谢谢妈妈，我已经起床了。”隔着木门，格雷戈尔声音的变化从外面大概听不出来，因为母亲已被他的解释安抚，拖着脚步离开了。不过这短短的交谈，反倒让其他家庭成员注意起他来，发现格雷戈尔竟还反常地待在家。此时父亲已经在敲门了，轻声地，用拳头敲着。“格雷戈尔，格雷戈尔，”他喊，“怎么了？”过了半晌，他以更深沉的嗓音警告他：“格雷戈尔！格雷戈尔！”在另一边的侧门则有妹妹的轻声询问：“格雷戈尔？你不舒服吗？需要我帮忙吗？”格雷戈尔向两侧的门喊道：“我好了。”他小心谨慎地发音，并且尽可能地在字词之间保持长长的停顿，好让自己的声音听起来正常些。此时父亲也回去用早餐了，妹妹则轻声说：“格雷戈尔，开门，拜托了。”但是格雷戈尔一点儿也不想开门，他沾沾自喜于旅行中养成的小心谨慎，即便在家里，入夜也必定将所有的门锁上。

起初，他想要安静且不被打扰地起床、穿衣，特别是吃早餐，然后再想其他的事情；想必他也发觉了，躺在床上会让他的胡思乱想没有终点。他忆起从前在床上时，常因为不对的躺姿而感到轻微的疼痛，直到起床以后才发现那仅仅是幻觉，他好奇自己一天的妄想将如何渐渐消散。说话的声音一旦改变，那肯定是重感冒的前兆，这是旅行业务员的职业病，对此他毫不怀疑。

要把棉被推下去很容易，他只需要鼓起肚子，被子就会自己滑落。然而接下来就困难了，特别是现在，他的身躯实在宽阔得非比寻常。他需要用手臂和双手才能把自己撑起来，如今他只有许多细小的腿，不停地朝着四面八方挥舞，丝毫不听他的指挥。他试着蜷起一条腿，但那条腿硬是伸得笔直；当他终于能够成功驾驭那条腿的时候，其余的腿则像被释放了一般，无比躁动地挥舞起来。“才不要无用地留在床上。”格雷戈尔自语道。

起先，他想将下半身从床上抽出来，然而这个连他自己都还没见过也无从想象的下半身，实在是太难移动了。一切都进行得无比缓慢，他终于忍无可忍，几乎暴怒起来，用尽全力、不顾一切地将身体往前抛，却猛地撞上了床头栏杆的下缘，他感到灼热的疼痛，这才意识到自己下半身也许是此时最脆弱的部位。

于是，他试着将上半身从床上挪出去，并且小心翼翼地将头转向床缘。他轻易地做到了，尽管他的躯体既笨重又庞大，但还是随着头的转向而缓缓挪动着。然而，当他终于将头伸到床边之外，悬于空中时，却又害怕以这样的方式继续前进，因为若是他一不小心掉下去，头部却没有受伤的话，那肯定是奇迹出现了。他像这样想着，觉得无论如何都不能冒险，他宁可待在床上。

然而，反复努力了多次之后，他叹了一口气，躺回原来的样子，看见那些细小的腿又开始相互缠斗，比之前更甚，他感到这种任意的状态难以平息。他再次告诉自己，他再也无法待在床上；最好的办法是，只要有一线希望，务必让自己从床上离开，哪怕牺牲一切也在所不惜。同时他也不忘提醒自己，与其别无选择地下定决心，不如冷静再冷静地斟酌考虑。每到这样的时刻，他便尽可能地以锐利的眼神望向窗边，只可惜，从那片晨雾的光景之中，少有信心与快活可供攫取，那雾甚至遮蔽了狭窄街道的另一边。“已经七点了，”他说，此时闹钟正好响起，“已经七点了，雾气却还如此浓重。”他静躺了一会儿，有气无力地呼吸着，仿佛在全然的寂静之中，可以期待那些真实与理所当然的情况再度归来。

然后他又自语道：“在七点一刻之前，我一定要彻底离开这张床。况且到了那个时候，会有人从旅行社来探问我的，因为他们七点就开始工作了。”此时，他努力地想将自己的整个身躯均匀地从床上荡出来。如果他就这样让自己从床上摔落，着地时尽量抬高脑袋，估计脑袋还不至于受伤。他的背很硬，如果落在地毯上，大概也不会有什么事情。他最忧虑的是掉落时产生的巨响，那声音也许会让门外的人受惊或者担心。无论如何，还是得放胆去做才行。

当格雷戈尔的半个身躯犹如庞然大物耸立于床铺之外时——这个新方法与其说是吃力的工作，不如说是一场游戏。他只需要一直往后荡——他想，要是有人可以来帮忙，一切将会变得多么容易啊。只要两个强壮的人就够了——他想到他的父亲和女佣——他们会将手臂伸进他圆拱形的背底下，将他从床上抬起，弯下腰如卸货般放他下来，然后只要小心谨慎、饶有耐心地等待他在地面上自己翻身；在地板上，那些细小的腿兴许能够发挥作用。而今，所有的门看来都锁上了，此时他是否应该求救？尽管处境危困，他这样想的时候还是禁不住地微笑起来。

他已经越滚越远，在这种力道之下几乎无法维持平衡，他得赶紧做出最后的决定，因为再过五分钟就是七点十五分了——此时，大门的门铃响起。“是店里有人来了。”他自忖，身体几近僵直，他细小的腿却因此更急促地舞动着。顷刻间，周围一片寂静。“他们不会开门。”格雷戈尔自言自语，同时怀抱着荒谬的希望。女佣一如往常地踩着坚定的步伐，走过去开门。格雷戈尔只要听见访客的第一声招呼，就能知道是谁来了——是经理本人。为何格雷戈尔要遭受无情的审判，在一家公司服务，稍有疏忽就被视为重大嫌疑呢？难道全体职员无一例外，都是无赖？难道在他们之中没有一名忠诚的员工？这个人只是在早晨疏忽了几个小时的工作，就由于良心不安而变得古怪疯癫，简直都下不了床了？难道请个学徒前来询问还不够——若这询问真有必要——而非得让经理自己出马，然后让无辜的一家人知道，调查这件可疑之事，只有经理可以胜任？这些想法带来的激动情绪，并非出于格雷戈尔原本的意志，他使尽全力跳下床铺，随后发出了一声巨响，却也不至于震惊四方。大概是因为落在地毯上降低了响声，还有背部的弹性超乎格雷戈尔的预想，发出的声音并没有那么笨重。由于他不够小心，头没有抬高，撞到了地面；他转转头，在愤怒与疼痛之中把头贴在地毯上摩擦。

“里面有东西掉下来了。”经理在左侧的房间里说。格雷戈尔幻想着，有一天经理也遇到类似的事情，就像他今天经历的这样。这样的可能性多少还是有的。然而，像是对这个疑问粗暴地回应般，经理在旁边的房间里正大声踱步，任由他的漆皮靴子嘎吱作响。右侧的房间里传来妹妹的轻声通报，她想知会格雷戈尔：“格雷戈尔，经理来了。”“我知道。”格雷戈尔悄声应答，不敢提高音量让妹妹听见。

“格雷戈尔，”此刻父亲在左侧的房间里说，“经理先生前来探询，为何你没有搭上早班火车。我们不知道该跟他说什么。而且他本人也想亲自跟你谈谈。请你打开门。如果房间凌乱，向他道个歉就好，他不会介意的。”

“早安，萨姆萨先生。”经理友善地接腔。

“他不舒服，”母亲在父亲正对着门说话的时候对经理说，“他不舒服，经理先生，请您相信我。否则格雷戈尔会有什么理由错过火车？！这个年轻人满脑子工作，除此之外，别无其他。他晚上从来不肯出门，我都差点儿要为此发脾气；他这八天都待在城里，每天晚上都待在家。他都跟我们坐在桌边，默默看报，或查看火车时刻表。他每天最大的消遣就是用细线锯做些手工艺。比如他会连着两三个晚上锯相框；看到那相框有多漂亮，您一定会感到惊讶的；它就挂在房间里，等格雷戈尔打开门，您马上就能看见。而且经理先生，您大驾光临，我真的非常高兴。我们都没有办法让格雷戈尔打开房门，他今天非常顽固，一定是身体不舒服，虽然他早上还矢口否认。”

“我马上来。”格雷戈尔缓慢且从容不迫地说，他一动不动，生怕听漏了接下来的每一个字。

“敬爱的女士，我想也不会有其他原因的，”经理说，“希望情况不是太严重。不过，我还是得说，我们生意人——不知道这样算是幸运还是不幸——即便是有些不舒服，也要因为生意上的顾虑而努力克服。”

“那么经理先生可以进去找你了吗？”父亲不耐烦地问，再次敲打房门。

“不行。”格雷戈尔说。左侧的房间开始尴尬的静默，右侧的房间则有妹妹开始啜泣的声音。

妹妹为什么没跟其他人在一起呢？她大概是现在才起床，还没来得及穿衣服。那么她为什么要哭呢？因为她的哥哥不愿意起床，让经理走进房间？因为他正处在丢掉职务的危险当中，而且一旦如此，老板就会前来向他的父母追讨旧债？这些再怎么说都是不必要的烦恼。格雷戈尔毕竟还在这里，丝毫没有弃家庭于不顾的念头。此时此刻，他正躺在地毯上，若是知道他的状态，任谁都不会严正要求他让经理进来的。为了给这小小的无礼慢慢找个适当的借口——这样格雷戈尔也不至于马上被赶走，格雷戈尔觉得，与其现在让他们用哭泣或劝说来干扰自己，不如让自己静一静来得理智些。他们不了解状况，所以才会惊慌失措，弄到这步田地。

“萨姆萨先生，”此刻经理提高音量说，“发生什么事了？您筑墙设障、自困于房间，只回答‘是’与‘否’，带给您的父母亲沉重且不必要的忧烦，此外——我顺道一提——您是在以一种前所未见的方式玩忽职守。在此，我以您的父母与您的上司之名，严肃地要求您立即给出清楚的解释。我太吃惊了，我太吃惊了。我一直以为您是沉着理性之人，而今却突然显露出恣意骄矜之态。今天一早，老板指出您旷职的理由可能事关前些日子托付您代收的款项，但我几乎可以对天发誓，这个理由与事实不符。如今看见您执拗得令人难以捉摸，我也已经完全失去袒护您的心意。况且您在公司的职位并不是最稳固的。这些话原本该是我们两个人私底下说的，但是，既然您在这里无端浪费我的时间，我不明白这些话该不该让您的父母大人听见。近来您的工作表现令人非常不满意：现在固然不是什么做生意的旺季，这点我们承认；可完全没有生意，是根本不行的，萨姆萨先生，这样是不应该的。”

“可是，经理先生，”格雷戈尔忍不住叫了出来，情急之下，他忘了外面的一切，“我立刻，马上就去开门。我的身体有些不适，头疼眩晕，所以没办法起身。现在我还在床上。但我已经好了，现在正在下床。请您再稍等一会儿！我目前的状况并没有预期的好，但是已经好多了。怎么会这么突然，一下子就病倒！昨晚一切都还好好的，我的父母甚至比我还清楚，不过昨晚我已经感觉到了一些征兆。这些征兆应该及早发现才对，我为什么没有向公司通报？！其实我一直认为这病用不着请假，我可以挺过去。经理先生！请您体恤我的父母！您方才责备我的话是没有根据的，也没有人这样评价过我。您也许还没有看到我所交出去的最后一批订单。况且，我还能搭八点钟的火车启程，在火车上休息几个小时，我就可以恢复体力了。麻烦您了，经理先生，我会马上回到工作岗位，也有劳您将此事转告老板，多为我美言几句！”

就在格雷戈尔仓促地说完这一切，几乎已经不知道自己说了些什么的时候，他已经来到了柜子面前，也许是因为在床上的练习使他驾轻就熟，此时，他正想倚着柜子站起来。他是真的想开门，想要站起来，同经理说话；他急于想要知道，那些急着想看见他的人看见他这般模样时会说些什么。如果他们受到惊吓，那么格雷戈尔便了无责任，可以安心自在了；如果他们淡然处之，那他也没有理由激动，然后，如果可以，便能真的赶在八点钟抵达火车站了。刚开始，他倚着光滑的柜子往下溜了几回，最后猛地使了把力，终于直挺挺地站住了脚；他完全没有注意到自己下半身灼烧般的痛楚。然后，他让自己靠在邻近的椅背上，细小的腿紧扣住边缘，如此一来，他便可以驾驭自己了。此刻他沉默下来，因为这样才好听见经理说的话。

“你们有听懂他说的任何一句话吗？”经理问他父母，“他该不会是在愚弄我们吧？”

“老天！”母亲叹道，眼里流着泪，“他也许病得很重，我们还这样折磨他。格蕾特！格蕾特！”她一直喊着。

“妈？”妹妹从另一边叫道。她们两人隔着格雷戈尔的房间交谈。

“你得即刻去请医生，格雷戈尔病了，立刻去请医生。你刚刚有听见格雷戈尔说话吗？”

“刚刚那是动物的声音。”经理说话了，他的声调与母亲的喊声相较，显得轻微许多。

“安娜！安娜！”父亲的喊叫声自前厅传至厨房，他一边拍手，一边说道，“立刻去请锁匠来！”说时迟，那时快，两名女子穿过前厅，只听见她们的裙角发出窸窸窣窣的声音——妹妹是怎么办到如此快速地穿好衣服的呢？——一溜烟，两人急急拉开大门。听不见关门的声音，她们大抵就这样让它敞开着，像大难临头的屋子才会保持的状态。

格雷戈尔却安静下来了。因为他说的话，人们再也听不懂了。尽管他认为自己说得已经足够清楚，甚至比以前还清楚，也许是因为他的耳朵已经听惯了。无论如何，现在大家已经开始相信他不大对劲，并且已经准备要帮助他。这充满信念、可靠的初步处理办法，使他觉得舒畅。他感到自己再度与人类的圈子产生了联结，并且对于医生或者锁匠这两种职业，不再精确地区分它们，并盼望两者都可以有令人惊喜的伟大成果。为了让自己在即将来临的决定性的谈话中拥有一个清晰的声音，他微微地咳出声，尤其尽可能地压低音量，因为这个声音也有可能已经不同于人类的咳嗽声，而他自己已无信心分辨了。在这期间，隔壁的房间变得非常静寂。也许他的父母和经理正坐在桌旁窃窃私语，也许他们所有人都紧靠在门边，正在竖着耳朵偷听。

格雷戈尔慢慢将沙发推向门口，然后在那里松开手，让自己倒向门，倚门挺立——他细小的腿上有些黏液，使他疲累不堪——休息了片刻之后，他开始用嘴巴转动钥匙孔中的钥匙。可惜的是，他似乎没有真正的牙齿，这样一来，他该用什么咬住钥匙呢？——不过，他的下巴却相当有力，借助下巴使力，他真的转开了钥匙，却没有注意到自己受了伤，从他的嘴里流出的褐色液体流过钥匙，滴落在地板上。

“你们听，”经理在隔壁房间说道，“他在转动钥匙。”这对于格雷戈尔来说是莫大的鼓舞，大家都应该为他欢呼才对，父亲与母亲也不例外：“勇往直前，继续开锁！”只要想到所有人都激动地看着他的努力，他便不顾一切地用尽所有力气咬住钥匙。随着钥匙的旋转，他也在门锁边舞动着，他只用嘴巴的力量挺住身体，将自己挂在钥匙上，或是用全身的重量去压住它。门锁咔嗒一声被旋开，清亮的声响将格雷戈尔完全唤醒，他深吸一口气，说：“不需要锁匠了。”然后用头顶着门把，好将门完全打开。

因为他得用这样的方式打开门，所以即便门已经敞开了，人们仍然看不见他的身体。他得慢慢地绕过两扇门中的一扇，并且要十分小心翼翼，如果他不想在进入房间之前摔个四脚朝天的话。他还在与各种艰难的动作奋战，早已无暇注意其他事物。此时，他忽然听见经理大喊一声："啊！"——那声音听来有如狂风呼啸——此刻他也看见了，那位经理站在门边，手捂住张大的嘴，慢慢向后退，仿佛前方有种看不见的力量，稳定且持续地驱赶着他。母亲也站在那里，尽管经理在场，她却顶着一头昨夜松开的头发，任其杂乱无章着——起初，她双手合十，看着父亲，然后朝格雷戈尔走了两步，接着她瘫倒在地，裙子围绕着她摊开；她垂头，双颊隐没在胸前。父亲面带敌意，拳头紧握，好像要将格雷戈尔打回房间，随后他又不安地在客厅里四处张望，再接着，他用双手蒙着眼睛哭了起来，宽阔的胸膛不住地颤抖。

格雷戈尔压根儿没有进客厅，而是倚在另一扇闩起的门后面，好让自己的身躯只露出一半；他歪着头，窥看其他人。这个时候，天色渐亮，可以清晰地看见街对面无尽绵延的灰黑色房屋的一个切面——那是一家医院——正面有一扇扇罗列整齐的窗户；雨还在下，饱满可见的雨滴，零零落落地打在地面上。早餐极其丰富，餐盘摆满了桌子，因为对于父亲而言，早餐是一天最重要的一餐，他总在早餐时花好几个钟头阅读各式报纸。对面的墙上恰巧挂着一幅格雷戈尔服兵役时的照片，那是当少尉时的他，手中握着佩剑，无忧地微笑着，他的仪态与制服使人们对他不由生出几分敬意来。通往前厅的门敞开着，人们因此可以看见屋子的玄关，以及自门口往下延伸的头几个台阶。

“那么，”格雷戈尔说着，并且清楚地意识到自己是唯一能够保持平静的人，“我会立刻穿上衣服，打包好东西，然后离开。你们会想……你们会想让我离开吗？喏，经理，您看，我并不是一个执拗的人，而且我热爱工作；差旅是辛苦的，但没有这种旅行，我就无法生活。您要去哪里，经理先生？要去旅行社吗？是的话，能不能请您如实传达这一切？人也有一时无法工作的时候，但也正是这个时候才会让人回忆起过去的工作成果，并且去思考日后如何在排除阻碍以后更加勤奋专注地工作。对于老板，我的责任重大，您一定非常理解。另外，我也为父母与妹妹担忧。我现在处境很艰难，但我一定会熬过去的。请您别让我的处境变得比现在更加艰难。在公司请您务必站在我这边！旅行业务员在公司不受欢迎，这点我知道。人们以为这行可以日进斗金，过着好日子。这种偏见很难改变。可是，经理先生，对于这些状况您比其他的职员有着更客观的了解，是的，我甚至可以很肯定地说，您看得比老板还清楚，老板以他作为企业家的特质，往往容易被其他事物迷惑，对雇员做出不正确的判断。您也非常清楚，旅行业务员几乎一整年都不在办公室，很容易成为流言、意外与无故抱怨的众矢之的。要避免这些事情发生是完全不可能的，因为这些事情他大都不知道，他只有在精疲力竭地结束旅程回到家时，才会感受到那已经无法追溯缘由的严重后果。经理先生，请您别一句话也不说就离开，您得让我知道您觉得我所说的话至少部分有道理！”

然而格雷戈尔的第一句话还没说完，经理就已转过身去，他噘着嘴，眼神越过颤抖的肩膀回望格雷戈尔。格雷戈尔说话的时候，他一刻也没作停留朝着门的方向移动，眼睛却持续盯着格雷戈尔，仿佛他得到了一种不能离开房间的秘密禁令。他已来到前厅，后脚刚刚离开客厅，那动作突兀得让人以为他的脚底着了火。而在前厅他将右手伸向台阶的方向，好似那里有种超越尘俗的救赎在等待着他。

格雷戈尔很清楚，无论如何也不能让经理在这样的氛围下离开，否则他在旅行社里的位置就会受到威胁。父母对于这一切并不是很了解，多年以来，他们一直相信格雷戈尔终身都会受这家旅行社的照料，况且现在他们因为此时的忧虑还有好多事要做，因此，各种远见早已抛之脑后。不过，格雷戈尔有远见：经理需要被挽留、被安抚、被说服，格雷戈尔最终需要赢得他的支持，格雷戈尔和他家庭的未来就看现在了！要是妹妹在这里就好了！她很聪明，当格雷戈尔还静躺在床的时候，她就已经哭了。而经理这样一位对女士温柔的绅士，一定会顺从妹妹的心意；妹妹一定会把大门关上，然后在前厅好言安抚惊恐的经理。但是妹妹不在这里，格雷戈尔必须自己处理。他没有想到自己当下拥有移动的本领，也完全没有想到极有可能再一次没人能听懂他的话语。就这样，他离开那扇门，穿过门扉，意欲走向经理，而经理早已滑稽地双手紧握栏杆。格雷戈尔当即摔了下去，一边寻找可以手扶的地方，一边发出微弱的喊叫声，压着那许多双细小的腿落地。此时，他在这个早晨第一次感受到一种身体上的惬意；那细小的腿底下是坚实的地板，它们彻底地顺服，他发现自己为此感到高兴；甚至，那些小腿还动了起来，扛着他前进，带领他前往他想去的地方；于是，他开始相信，所有痛苦的终结就在眼前。但在同一时刻，他抑制不住移动的渴望开始摇晃，然后在离母亲不远的地方躺下。母亲看似在深思，却一下子跳了起来，她伸开手臂，五指伸展，大喊："救命！上帝，救命！"她慈爱地垂下头，试图将格雷戈尔看得清楚些，却事与愿违，她不知怎的直向后退；

她忘了身后有摆好餐具的桌子，整个人六神无主，一靠近桌子便坐了上去，丝毫没有察觉到身旁被打翻的大咖啡壶，咖啡瞬间全部倾倒在地毯上。

“妈妈，妈妈。”格雷戈尔轻声说，同时仰头望着她。这时，格雷戈尔已经把经理忘得一干二净了，看见倾倒而下的咖啡，他不由自主地翕动着下巴。母亲目睹了这一切，又开始大叫，连忙从桌边逃走，倒进迅速迎上来的父亲的怀里。但格雷戈尔现在没有时间管父母亲了；经理已经走下了楼梯，回头时，他的下巴与楼梯扶手齐高，瞥下最后一眼。格雷戈尔开始跑，想尽快赶上他；经理定是预料到了什么，一跃跳下数个台阶，随即不见了人影；“呼！”他这样叫着，声音回荡在楼梯间。可惜的是，面对逃跑的经理，迄今为止始终保持镇定的父亲也显得慌乱无措，以至于他并没有追赶经理，或者至少阻止格雷戈尔去追他，却用右手一把抓起经理留在沙发上的手杖、帽子与大衣，左手拿起桌上的一大张报纸，他不断地跺脚，双手挥动手杖、报纸，欲将格雷戈尔赶回他的房间。格雷戈尔怎么哀求都没有用，没有人会理解那些哀求，他想要谦卑地转头，父亲却更加用力地跺脚。与此同时，尽管天气寒冷，母亲却拉开窗户，身体外倾，头伸出窗外，双手捂脸。窗外的街道与屋内的楼梯之间，忽然刮起一道强风，窗帘扬起，桌上的报纸沙沙作响，几张报纸飞落到地板上。父亲无情地驱赶着他，像个野蛮人般叫喊，发出嘘声。然而，格雷戈尔根本没有练习过怎么向后退，所以他退得极为缓慢。要是格雷戈尔能够转身的话，他一定会立即回到自己的房里去。可是他害怕父亲在他费力转身时失去耐性，他觉得握在父亲手中的手杖随时都有可能落在他的头上、背上，给他落下致命的一击。最后，格雷戈尔别无他法，他惊诧地发现，自己在后退的时候，全无方向可以遵循；于是他一直惊恐地斜着眼睛观察父亲，好伺机快速转动身体，可实际上，他的动作缓慢无比。也许是父亲发现了他的坚决意志，因为父亲并没有阻止他，而是在远处以手杖的尖端左右指挥着他转身的方向。如果父亲不发出那些令人难以忍受的嘘声该多好！那声音听得格雷戈尔头晕脑涨。他马上就要转过身去时却因为听见这嘘声而分了神，于是又稍稍转回头。当他的头终于幸运地对准门缝时，他才意识到自己的身体太过庞大，无法穿过去。父亲在此刻的精神状态下，当然也不可能想到打开另一扇门，好让格雷戈尔有足够的空间通过。他现在只想着格雷戈尔快速返回自己的房间。若要让格雷戈尔站起来穿过房门，还需要各种烦琐的准备，但父亲绝不会允许；此刻，他花更多的力气驱赶，无视前方的阻碍，格雷戈尔在巨大的声响中前进，那声响就在他身后，声源仿佛不再只是父亲一人的声音；现在，这可一点儿也不好玩，格雷戈尔拼了命地挤进门。他身体的一侧被挤高，整个人歪斜地卡在门口，被挤压的另一侧已被磨伤，白色的门上留下肮脏的污点，他随即动弹不得，完全无法靠自己移动。他身体一侧的小腿们悬在空中颤抖，另一侧的腿则被压在地面，疼痛不已——此时，父亲从后面用力推了他一把。像真正的救赎，他重重地被推进房间里，身体淌着血，身后的房门被手杖“砰”的一声关上，然后一切复归寂静。

二

直到黄昏，格雷戈尔才从昏厥似的深睡中醒来。他当然也可以在更晚的时候不受任何惊扰地自然醒来，等他感觉自己休息够了也睡饱了的时候醒来。但事与愿违，他现在感觉自己是被一阵匆忙的脚步声、从玄关那边传来的小心翼翼的关门声吵醒的。街上的公共电灯惨白地照在房间里的被褥和家具的表层上，然而格雷戈尔所处的下方仍然一片黑暗。他慢慢地移动自己，依然拙劣地用自己现在才懂得重视的触角摸索着，他往门的方向移动，想看看那里究竟发生了什么事。他发现身体左侧有条长长的、不舒服且紧绷的疤痕，于是只能用两排小腿一跛一跛地爬行。而且其中一条腿在上午的意外中受了重伤——只有一条腿受伤，那真是个奇迹——受伤的小腿了无生气地在后面拖行。

直至爬到门边，他才发现吸引自己过去的东西是什么——那是一些可以吃的食物的味道。那里摆着一小坛香甜的牛奶，上面漂浮着切碎的白面包。他高兴地笑了，因为肚子比早晨的时候饿得多，他立即一头栽进了牛奶坛，眼睛几乎快被淹没。然而，很快，他失望地将头缩了回来，不只是因为进食的困难——他左侧的身体难以移动，必须让全身一起呼哧呼哧地喘气，才能够进食——再者，牛奶曾是他最爱的饮品，这想必是妹妹亲手端来的，可现在他却觉得毫无滋味，他几乎是充满厌恶地在那坛牛奶前转过身去，爬回了房间中央。

格雷戈尔从门缝中望出去，客厅里燃着煤气灯，平日这个时候，父亲会大声地朗读晚报给母亲听，有时也读给妹妹听，此刻却了无声息。妹妹总是向他提起，或在信中讲父亲朗读的习惯，也许，父亲最近不这么做了。尽管屋里一定有人，但四周寂静无声。“这家人的生活是多么寂静呀。”格雷戈尔一边自语着，一边注视着黑暗，他为自己能够让父母与妹妹在这么漂亮的房子里过这样的生活，感到非常得意。然而，要是这静谧富足的生活以可怖的灾祸收场呢？为了不让自己陷入这样的幻想中，格雷戈尔开始移动身躯，在房间里四处爬行。

在这漫长的夜晚，曾有一边的门，开启了一条细缝，然后又迅速关上，大抵是有人想要进来，但又顾虑太多，另一次是另一边的门。格雷戈尔停在靠近房门的地方，决定要将犹豫不决的访客带进来，或者至少他可以知道那是什么人；但是现在门却不再开启，格雷戈尔白等了一场。早晨，当所有的门都锁上的时候，大家都想到他这里来，现在，他开了一扇门，其他的门显然也在日间都被打开过，却再也没有人进来，钥匙现在也插在外面。

客厅的灯直到深夜才熄灭，这样便很容易推断，父母与妹妹都长时间醒着。此刻，这三人踮着脚离开的声音，听得一清二楚。如此一来，直到明天早晨，都将不再有人进到格雷戈尔的房间；他将有一大段时间可以不被打扰，好思索自己该如何重新安排生活。然而，他被迫平躺在这挑高、空荡房间的地板上。他没来由地忧虑起来，因为这是他住了五年的房间——他意识模糊地转身，带着些许羞耻感，急忙爬到长沙发底下。尽管他感到背上有些许压迫，他的头再也无法抬高，他却很快地感觉到了舒适，除有点儿遗憾自己的身形庞大，无法完全置身于长沙发底下之外。

他在那里待了一整夜，有时半梦半醒，总是不断地被饥饿惊醒，有时则在忧愁或朦胧未明的希望中度过。但无论怎样，这些都导向同一个结论——他必须暂时保持安静，通过忍耐与对家人的体贴，帮助他们度过那些由自己的身体状况造成的、让他们被迫感受的不愉快。

时间已到黎明，但外面仍是很黑，格雷戈尔逮到机会测试自己的决心是否坚定：妹妹自前厅走来，打开了门，她穿戴整齐，神情紧张地向里面张望。她没有马上找到他，然而当她察觉出他在长沙发底下时——神啊，他该在其他地方才对，他又没有办法飞走——她惊恐万分，不由自主地从外面关上了门。她也许懊恼自己的行为，又马上打开了门，踮着脚踏进来，仿佛正准备走进一个重病患者或陌生人的房间。格雷戈尔把头往长沙发的边缘探去，开始观察她。不知道妹妹是否会察觉，那牛奶他连碰都没碰绝不是因为不饿，她是否会因此端来另一道比较合他口味的菜？她不会这么做的，他宁可饿死，也不要让妹妹注意到他，尽管他其实急迫地想从长沙发底下冲出去，伏在妹妹的脚边，向她索要一些好吃的东西。可是，妹妹还是惊讶地注意到了，那满满的坛子周围仅溅出了一些牛奶，她立刻拿起坛子，没有用双手直接触碰，而是用一块破布垫着把它端了出去。格雷戈尔十分好奇，妹妹待会儿会带来怎样的食物，他开始东想西想。他怎么也不可能猜到妹妹出于一片好心所带来的东西。为了试探他的口味，她给他带来了各种不同的食物，全部摊在一张旧报纸上。上面有半烂的蔬菜、晚餐吃剩的骨头浸在已然凝固的白色酱汁里、一些葡萄干和杏仁、一块格雷戈尔两天前表示难吃的奶酪、一片干面包、一片涂了奶油的面包，还有一片涂了奶油、撒了盐的面包；此外，她也摆上了也许今后都要给格雷戈尔专用的坛子，里面加了一些水。妹妹考虑周到，她知道格雷戈尔不会当着她的面进食，所以尽速离去，甚至锁上了门，好让格雷戈尔安心自在。格雷戈尔的小腿在前往觅食时，发出窸窣的声响。而且他的伤应该已经完全好了，他不再感到不便，对此，他觉得惊奇，一个多月前他不小心用刀子划伤了手指，直到前天伤口都还很痛。“难道是我现在的感觉不如从前敏锐了？”他一边想，一边贪婪地吸吮奶酪，这是所有菜肴中最引他注意的。他很快一道接一道地吃，一边流下满足的泪水，一边享用了奶酪、蔬菜和酱汁；新鲜的菜肴反倒食之无味，他一度无法忍受那气味，他甚至将想吃的食物挪到了较远的地方。当妹妹作势要转动钥匙，暗示他向后退，慢慢开门的时候，他早已吃了个精光，正慵懒地躺在原地。他已经微微入睡，开门声立即惊醒了他，使他连忙躲回到长沙发底下。待在长沙发底下的时间尽管很短，但还是需要很强的自制力，因为丰盛的食物使他的身体鼓胀起来，他在那窄隙当中几乎无法呼吸。他憋闷得透不过气来，用满含泪水的眼睛巴望着妹妹，她却并未察觉。她不仅用扫帚将残羹扫到一起，还将格雷戈尔没有动过的菜肴当作再也不需要的东西，迅速倒进垃圾桶，然后盖上木头盖子，整个运了出去。妹妹才一转身，格雷戈尔就从长沙发底下钻了出来，开始伸展四肢，让身体鼓胀起来。

于是格雷戈尔每天都用这样的方式得到食物：第一次是早上，父母与女佣还睡着的时候；第二次是大家午饭过后，因为这时候父母还会再睡一会儿，而女佣则会被妹妹差遣出去张罗东西。他们一定也不愿意格雷戈尔饿死，但也许除从妹妹那边得知他的饮食情形之外，他们并不忍心亲自去看一眼吧，更有可能的是妹妹不想要他们忧伤，因为他们其实已经够烦心的了。

最初的那个早晨，他们是如何将医生与锁匠从屋子里送走的，格雷戈尔已无从得知。因为自从没有人听懂他的话之后，就再也没有人能想到他可以听得懂其他人的话，包括妹妹。因此只要妹妹在他的房间里，哪怕只是偶尔听到妹妹的叹息或向圣者祈求的声音，他都会感到满足。后来，当妹妹对这一切开始稍微习惯了一些之后——当然，要她完全习惯是不可能的事——格雷戈尔有时便可以听见表示友善或意味如此的话语。当格雷戈尔在食物堆中干练地解决掉它们时，妹妹会说："今天的食物很合他口味。"情况相反时——渐渐地，这样的状况愈加频繁——她会带着几近悲伤的语气关心道："现在又全部剩下了。"

虽然格雷戈尔无法直接听见新消息，但他还是可以从隔壁房间隐约听到些什么；一听见说话的声音，他便会立即奔向相应的门边，将整个身体压上去。刚开始的几天，门外并没有关于他的谈话，即便是私密的耳语，内容也与他无关。整整两天他所听见的，都是大家在吃饭时商讨该如何应对当前的情况；就算是用餐之外的时间，大家也在谈论相同的话题，因为家里总是至少有两个成员在，因为一定没人想要单独待在家，而且无论如何也不能让家里空着。而女佣在同一天也向母亲跪求，希望母亲能立即将她辞退——我们并不清楚她对于发生的事情知道了多少——一刻钟过后，她流着泪道别，感谢母亲同意她离开，仿佛那是人们可以施与她的最大的恩惠；人们还没开口跟她提要求，她便发下毒誓，说不会向任何人泄露一丁点儿消息。

如今妹妹也得与母亲一同下厨了，不过那并不费事，因为大家几乎不吃了。格雷戈尔总是听见其中一人一直要求另一人吃饭，却徒劳无功，得到的总是一样的回答：“谢谢，够了。”或是其他相似的回答。酒大抵也不喝了。经常是妹妹询问父亲是否想喝啤酒，同时热忱地表示自愿去买，在父亲沉默不答的时候，她便照顾父亲的感受而改口说她也可以差遣管家去买，然而父亲最后还是大声说了“不”，于是再也没有人提及喝酒了。

起初的几天，父亲就把他所有的财产状况与未来的展望详细地告诉了母亲和妹妹。他不时从桌边起身，从他五年前生意失败抢救出来的小金库中取出一些凭证或账簿。格雷戈尔可以听见他是如何打开那把复杂的锁，取出要找的东西，然后又将它锁上。父亲当时的说明中，某些部分对格雷戈尔而言，是他被囚禁之后初次听见的喜讯。他一直以为父亲在事业上并没有留下任何东西，至少父亲并没有告诉过他相反的情形，而格雷戈尔也不曾过问。格雷戈尔当时唯一的忧虑，便是如何倾尽全力使家人尽快忘记破产的不幸，那不幸使所有人都陷入了绝望。所以，他当时像点燃了一把热火般，开始奋力工作，一夜之间，他从一个小店员摇身一变，成了旅行业务员，这个职位自然有更多的赚钱机会，他的工作成果也蜕变成现金形式的酬劳，可以回家放在桌上，使家人又惊又喜。那真是一段美好的时光，尽管格雷戈尔后来赚了许多钱，能够担负全家人的生计，但那辉煌的日子已然不再。不管是家人还是格雷戈尔，大家其实已经习惯了感激地接受，他也乐于交付金钱，但在这当中不再有那种特别的温暖。只有妹妹仍然与格雷戈尔保持亲近。妹妹与格雷戈尔不同，她非常喜爱音乐，能够拉出动人的小提琴乐曲；格雷戈尔暗暗计划着，无论学费多么高昂，就算非得用其他方式来补足开销，他都要将妹妹送进音乐学院。格雷戈尔每每在城里稍作停留时，便会顺道回家与妹妹交谈，提起音乐学院的事情，那总像是一个人们想都不敢想的美丽的梦，父母也不乐意听这个他们负担不起的谈话内容；但格雷戈尔非常确定地考虑着，并决意要在圣诞夜当晚隆重地宣布此事。

当格雷戈尔立在门边，双耳紧贴门扉偷听时，那对他当前处境毫无用处的想法，正在他的脑海中回荡。有时他会因为过于疲惫而无法继续听下去，便一个劲儿地把头往门上靠，然后又马上把头竖起来，因为只要他发出一点点声响，隔壁都会听见，所有人便默不作声。“他又在搞什么？”父亲说道，显然转身正对着门，然后中止的谈话才开始继续。

格雷戈尔可以听到许多事情——一部分原因是父亲在解释的过程中经常重复，他已经很久没有管这些事了；另一部分原因是母亲无法第一次就听懂全部——尽管经历了种种不幸，家里还是有一小笔昔日留下来的财产，没有动用过的利息在日积月累之下，金额也增加了一些。此外，格雷戈尔每月带回家的钱——只给自己留几盾[2]钱——并没有完全被用光，这些钱已经累积成一小笔资本。格雷戈尔站在门后热情地点头，他对这意外的谨慎与节约感到欣喜。事实上，他可以用这些盈余的款项偿还父亲欠老板的债务，如此一来，他离摆脱自己职务的日子也不远了；不过，父亲现在这样安排，无疑是更好的办法。

如今，这些钱一点儿也不足以支撑一家人靠利息来生活；也许它能够让全家维持一年，至多两年的生计，更久就没有办法了。那只是一笔本不该动用的款项，是留着应急用的；生活的费用应当由自己赚得。如今父亲虽然健康，但也开始衰老，他已经五年没工

2 此处是指莱茵盾（Gulden），为奥匈帝国（1867—1918）在1867年建国时所发行的币制，直到1892年Gulden为克朗（Krone）所取代，莱茵盾通行至1900年。

作了，说到底他对自己也没什么信心；这五年是他辛勤却失败的人生中的第一次假期，他开始发胖，行动也变得迟缓许多。而年迈的母亲如今也许要开始赚钱？她患有哮喘，连在家中走动都感到吃力，每两天就因哮喘发作而必须躺在沙发上，在敞开的窗边休息。还是妹妹应该去赚钱？她还是个十七岁的孩子，生活方式惬意得让人羡慕，每天打扮漂亮，睡得很多，有时帮忙做做家务，有时出门参加一些素朴的雅聚，还要演奏小提琴。每每话题论及赚钱之必要，格雷戈尔首先会离开门边，将自己的身体抛进一旁冷冰冰的皮沙发里，羞愧与悲哀令他全身发热。

时常，他可以躺在那里度过漫漫长夜，一刻也不睡，只是刮着沙发皮，待上好几个小时。有时候他不惜使尽全力将一把椅子推到窗边，然后爬上窗外的护墙，他抵着椅子、靠在窗边，显然只是想回忆从前望向窗外的那种解放感。事实上，他每天眼见的事物虽然距离不远，却越来越模糊了；对面的医院经常出现在他的视线里，他从前总是嫌恶，如今却已看不清；要不是他清楚地知道自己住在市区安静的夏洛蒂街，他可能会以为从自己的窗户望出去所看见的是一片荒野，灰色的天与地融在一起，无法分辨。细心的妹妹仅看见过两次椅子放在窗边，之后她每次来整理房间，最后都会将椅子推到窗边，甚至此后都让内层的窗扇开着。

要是格雷戈尔可以跟妹妹说话，对她所做的一切表示感谢，他应该更能承受得起她的照顾；但他对此只觉得痛苦。妹妹自然是想尽量抹除一切尴尬；时间过得越久，她就越得心应手，随着时间过去，格雷戈尔也更加看清了一切。对于他来说，光是妹妹进房间来，就是一件可怕的事情。她前脚刚刚抵达房间，还等不及关上门，就连忙跑到窗边；从前她会小心不让别人从窗外窥看到格雷戈尔，现在却像就要窒息一般，双手迅速打开窗户，不畏天寒，久久地站在窗边深呼吸。每天，她用这样的奔忙喧声惊动格雷戈尔两回。格雷戈尔整天躲在长沙发底下发抖，他很清楚，如果房间窗户紧闭，妹妹仍然可以留在里面与他共处，她一定舍不得这样惊扰他。

大约是格雷戈尔变形过后的一个月，妹妹已无特殊理由对格雷戈尔的外表感到惊讶了。有一回她比平常早来，撞见格雷戈尔以一副令人惊骇的模样站在窗边，一动不动地望向窗外。要是妹妹不进来的话，格雷戈尔不会感到意外，因为他站在那里只会阻碍开窗，而妹妹也没有真的要进来，她甚至退回去，把门关上了。若有陌生人看见，一定会以为格雷戈尔在里面埋伏，想伺机咬她。格雷戈尔当然是马上躲在长沙发底下，但他一直等到中午，当妹妹再过来的时候，她看起来比平常更加不安。此时他明白了，原来他的样貌一直都让妹妹无法忍受，日后也会一直这样下去，而她应该也做出了不少牺牲，克服障碍，使自己在看见他的身体时不会拔腿就跑，哪怕只是看见他从长沙发下露出来的一小部分身体。为了避免让妹妹看见这些，某一天，他背顶一块亚麻布，把它铺在长沙发上面——他花了四个小时来执行这项工作——整理好后，亚麻布可以完全遮住他，即便妹妹俯身弯腰也看不见他。如果她认为这块亚麻布没有必要铺上，那她可以将它取下，因为让自己这样彻底隔绝于世，对格雷戈尔来说一点儿也不好玩，这是再清楚不过的事，但她让亚麻布就这样铺着。当格雷戈尔用头小心地顶起亚麻布，想要探看妹妹对于新摆设的反应时，他相信自己在妹妹眼中甚至瞥见了一丝谢意。

在起初的两个星期，父母亲全无勇气走进他的房间；他时常听见他们对妹妹现在的工作表示赞许，从前父母总是对妹妹感到气愤，因为她在他们面前就像个一无是处的女孩。现在父亲母亲却时常在妹妹进来整理房间的时候，站在房门外等待；等妹妹一出去，她就得报告新消息，比如房间看起来怎么样，格雷戈尔吃了什么，他这次有怎样的举动，是否有些许康复的迹象，等等。其实，母亲很早就想去看格雷戈尔，但都被父亲和妹妹理智地劝阻了，格雷戈尔仔细听着那些理由，也全然同意。可是后来大家不得不用暴力阻止她，当母亲大喊："让我去看格雷戈尔，他是我可怜的儿子啊！我得去看他，你们怎么就不懂？"格雷戈尔心想，要是母亲进来了，也许是件好事，当然不是每天来，也许是一星期一次；她对事情的理解远超过妹妹，妹妹虽然勇气十足，但到底只是个孩子，也许是因为那种幼稚与轻率，才敢于接受这项艰巨的任务。

格雷戈尔想见母亲的这个愿望很快就实现了。白天，格雷戈尔顾虑父母，不敢在窗边出现，若要在地上爬，这里的地板仅有数平方米，也爬不了多久；若要他静躺着，夜里他已经为此折腾不少；他对食物也不再有任何兴趣。为了让自己分神，他养成了在墙壁与天花板上来回爬行的习惯。他特别喜欢倒挂在天花板上，那感觉完全异于平躺在地板上；在那里他可以尽情地呼吸，让轻微晃动的感受穿透自己的身体。当格雷戈尔倒挂在上面，他几乎进入了愉悦的恍惚状态，他做了不可能发生的事情，连自己也都觉得惊讶——他放开自己，啪的一声掉落到地上。他的身体在这样的重力之下，当然与从前不一样了，从这么高的地方坠落，竟毫发无伤。此刻，妹妹马上发现了格雷戈尔自创的这项新娱乐——他在爬行之中四处留下黏液——为了让格雷戈尔有尽可能大的爬行范围，她一心想搬走阻碍通道的家具，尤其是所有的柜子与书桌。这可不是她一个人就能解决的，但她又不敢向父亲求助，女佣一定也不愿意帮忙——这个十六岁的女孩，在之前的厨房女佣去职后，虽然勇敢地撑了下来，却也提出了特殊要求，她要求厨房的门一直锁着，只有接受命令时才会打开。因此，妹妹别无他法，只得趁着父亲不在时带母亲过来。母亲一片欢天喜地地走来，却在走到格雷戈尔的房门前时沉默起来。当然，妹妹首先要探看房里的一切是否正常，然后才让母亲踏进去。格雷戈尔连忙将亚麻布往下拉，让它起皱，仿佛整块布只是被偶然丢在长沙发上似的。格雷戈尔这次也刻意不在亚麻布底下窥看母亲；他放弃了这次见母亲的机会，只是很高兴她终究还是来了。“进来吧，他不见踪影。”显然是妹妹一边说着一边手牵着母亲走进来的。现在，格雷戈尔听见了两个孱弱的女人挪动沉重旧柜子的声音。妹妹向来承担大部分的工作，不肯听母亲的劝，母亲总担心她劳累过度。为此她们花了很长的时间。大概一刻钟过后，母亲说，她宁愿将柜子放在原处，也不想搬了，一来因为它太重了，她们肯定无法在父亲回来以前完成，最后柜子只能留在房间中央，挡住了格雷戈尔的去路；二来她们也不确定格雷戈尔是否会喜欢家具被搬走。母亲的看法一直与妹妹相左——她看着空荡荡的墙壁会觉得心情抑郁；难道格雷戈尔不会因为自己早已习惯了的房间突然被清空了，而感到荒凉吗？“若是这样，”母亲轻声地下结论，几乎像讲悄悄话那般，以免格雷戈尔听见，尽管她不知道格雷戈尔藏身何处，也一直相信格雷戈尔听不懂这些话，“若是这样，我们把家具都搬走，不就是在表示我们放弃了格雷戈尔康复的希望，还要无情地孤立他吗？我认为，最好的办法是我们尽量让他的房间维持原样，这样一来，等格雷戈尔回到我们身边时，他就会发现一切都没变，也比较容易忘记这期间所发生的事情。”

听见母亲这番话之后，格雷戈尔意识到自己缺乏与人亲近的交谈，在家庭中过着单调的生活，两个月下来，他几乎要精神错乱了，因为他自己也无法解释，自己后来为什么会真正希望房间能被清空。难道让这温暖舒适、布置着祖传家具的房间蜕变成一个巢穴？对他有什么乐趣可言？当然！这样他便可以自由无碍地往四面八方爬行，同时也会迅速且彻底地忘记自己曾是人类。现在，他离那种遗忘已不远了，只有那久未听闻的母亲的声音唤醒了他。应该没有东西被搬走，所有的一切都应该留下来，家具带给他的良好影响，是他不可或缺的；就算家具阻碍了他的去路，迫使他不能漫无目的地四处爬，反而是一件有益无害的事。

可惜妹妹的想法截然不同，她已经习惯在谈论格雷戈尔的事情时，在父母亲面前扮演一种专家的角色，这其中不无道理，而现在母亲的建议对于妹妹来说倒使她的理由更充分，她不仅坚持搬开起初想到的柜子和书桌，而且还要将其他家具通通撤除，仅留不可或缺的长沙发。她会提出这样的要求，当然不仅是出于孩子的反抗心，以及前些日子通过辛勤努力意外换来的自信；事实上，她也观察到格雷戈尔需要许多空间爬行，家具顶多只能被观赏，在里面一点儿用处也没有。也许是少女在这样的年龄会有的狂热性情在此也起了作用，使人一有机会便想满足这样的欲望，如今也诱使格蕾特决意让格雷戈尔的状况变得更加可怕，然后她便可以为他承担更多事情。因为这样一个由格雷戈尔独自统领的空荡荡的房间，大概除格蕾特之外，再也没有人敢随时进去了。

因此，她不会让母亲改变她的决心。母亲在这房间里显得忐忑不安，旋即沉默着协助妹妹将柜子使劲地往外搬。如今，在万不得已的情况下，格雷戈尔还可以没有柜子，但是书桌必须留下。两个女人才刚刚唉声叹气地将柜子推出去，离开了房间，格雷戈尔便从长沙发底下伸出头来探看，想知道自己该怎么小心且周到地干涉此事。然而，很不幸，母亲刚巧先回来。格蕾特在隔壁房间正抱着柜子，想自己搬动它，柜子左右摇晃，她却无法搬起来。母亲不甚习惯格雷戈尔的样貌，他或许会把她吓出病来，所以，格雷戈尔连忙惊慌失措地往后跑，退到长沙发的另一头。但这样一来，亚麻布也跟着他往前移了一些——这样便足以引起母亲的注意了。她的脚步停顿，瞬间静止不动，随即走回格蕾特那里去了。

尽管格雷戈尔不断地告诉自己，并不是发生了什么天大的事情，只是有些家具调动了位置，但这一切却令人感到——一如他之后不得不承认的那样——难以忍受。女人们进进出出，她们小声地叫喊，家具碰蹭地面的摩擦声，这一切犹如巨大的纷乱从四面八方席卷而来，他得将头与腿紧紧地蜷曲起来，将身体压在地面上，他不能不说，再这样下去他会忍无可忍。她们为他清空房间，取走他所喜爱的一切；用来存放铁丝锯与其他工具的柜子，让她们搬出去了；现在她们开始松动那深深埋进地板的书桌，那曾是他念商学院、念市立中学，甚至是念国民小学时写作业的地方。

他真的没有时间去揣测这两个女人所怀的好意，而且几乎忘了她们的存在，因为她们已经完全累垮了，劳作时默不作声，人们只听得见那啪嗒啪嗒的沉重的脚步声。

就在两个女人靠在隔壁房间的书桌上歇息，想趁机喘口气时，他就这么冲了出来，又四处改变奔跑方向。他实在不知道自己应该率先抢救什么，便看见一幅肖像赫然悬挂在已然清空的墙面上，里面的妇人穿戴着层层纯呢绒衣装；格雷戈尔急忙爬上去，身体紧贴着玻璃，他发烫的肚子撑在玻璃上，一下子舒服了起来。至少，这张被格雷戈尔遮住的肖像一定不会被任何人拿走了。他扭动着自己的头，转向客厅门的方向，好观察那两个女人是否回来了。

她们并未休息太久就又回来了；格蕾特的手臂环绕着母亲，几乎要将她抱起来。“那我们现在要搬什么呢？”格蕾特一边说着，一边环顾四周。她的视线落在墙面上，与格雷戈尔的视线交汇。或许是因为母亲在场，她保持镇定，俯身看着母亲，好阻止她四处张望，她一边颤抖，一边不假思索地说：“走吧，我们要不要回客厅待一会儿？”格雷戈尔很清楚妹妹的意图，她想将母亲带到安全的地方，然后再将他从墙上赶下来。好啊，大可试试看！他趴在肖像画上面，不肯把画交出去。若要如此，他宁可一脚跳上格蕾特的脸。

然而，格蕾特的话使母亲非常不安。她退到一旁，瞥见那有花纹图案的壁纸上有一个巨大的褐色斑点，她大叫着，还没意识到自己看见的其实是格雷戈尔。她用沙哑的声音呼喊：“噢上帝，噢上帝！”然后摊开双臂，倒了下去，那模样仿佛是她放弃了一切；她倒在长沙发上，一动不动。“喂，格雷戈尔！”妹妹怒视着冲他喊道，同时举起拳头。那是自格雷戈尔变形以来，妹妹当面对他说的第一句话。她跑到隔壁房间，想取些香精油，看看能否将母亲从昏厥之中唤醒。格雷戈尔也想帮忙——抢救那幅画还有时间——然而他已紧紧地与玻璃粘在了一起，用了很大的蛮力才挣脱出来。然后他跑进隔壁房间，想像从前一样，给妹妹一些建议，然而他只能站在妹妹身后，什么忙也帮不上。妹妹正在各种不同的小瓶子中翻找，当她转过身来，受了惊吓，一个瓶子落到地上，碎了；一个碎片伤到了格雷戈尔的脸，某种腐蚀性的药水流到了他身上。格蕾特并没有多作停留，她尽可能拿了许多小瓶子，跑向母亲，她用脚踢着，砰的一声关上了门。如今格雷戈尔很可能因为这场过错与母亲天人永隔；他不能开门，也不愿意吓跑陪在母亲身旁的妹妹，格雷戈尔别无他法，只能等待。在自责与忧虑的煎熬下，他开始爬行，越过一切，不停地爬，墙壁、家具、天花板，然后在自己的绝望中坠落，整个房间开始天旋地转，最后，他落在了一张大桌子的中央。

格雷戈尔虚弱无力地躺在那里，过了一会儿，四周依然一片静寂，或许是个好兆头。这时门铃响了。女佣自是困在厨房中，格蕾特应该去开门。父亲回来了。

“发生了什么事？”这是他的第一句话。

格蕾特的表情大抵泄露了一切。格蕾特回答的声音听起来闷闷的，她显然是将脸埋进了父亲的胸膛：“母亲刚才昏倒了，但现在已经好多了。格雷戈尔逃出来了。”

“我料到这事早晚会发生，”父亲说，“跟你们说过那么多遍，可是你们女人就是不听。”格雷戈尔心里明白，格蕾特过于简短的报告只会让父亲往坏处想，以为是格雷戈尔用暴力犯了这场错误。格雷戈尔现在得努力让父亲息怒，但是要向父亲解释这些，格雷戈尔既无时间也无机会，于是，他逃到自己房间的门边，紧贴在门上，如此一来，等父亲从前厅走进来时，就会看到格雷戈尔正乖乖地、一心想回到房间的模样，这样一来，也就没必要赶他回房了，只需要把门打开，他便会马上消失在家人的视线里。

然而，父亲没有心情去注意这些细微之处，他一进门便用一种既愤怒又欢喜的声调喊道：“啊！”格雷戈尔把头从门边缩回来，抬头看着父亲。父亲现在站在那里的模样，真不是他从前能想象到的。尤其是最近，他浪费了太多时间研究各种爬行新姿势，不像从前那样可以照料家中的大小事，他其实该对情况变化有心理准备的。话虽如此，可眼前的这位还是他的父亲吗？从前，当格雷戈尔因出差而溜出门旅行时，这个男人是疲惫地深埋在床上躺着的，他会在儿子归家的那晚穿着睡袍，坐在扶手躺椅里迎接他；他丝毫没有能力站起来，只能通过抬高双臂来表示他的欣喜。在一年难得几次与家人的散步当中，通常是在星期天或重大节日的时候，他会走在格雷戈尔与母亲中间，母子两人在前头慢慢走，他走得则更慢些——全身裹在他的旧大衣里，始终小心翼翼地拄着手杖、步履艰辛地前进。如果有什么话想说，他总会先停下来，几乎定住不动，然后将伴他行走的人拉过来。眼前的这位是否还是当时的那位父亲呢？如今的他昂扬地站着，身穿带有金色纽扣、笔挺的蓝色制服，一身银行杂役的打扮；在束得高高的而僵硬的衣领上，延伸出他强韧的双下巴；在浓密的眉毛下，一双黑眼睛炯炯有神地逼视着前方；那一头平日蓬乱的白发，现在梳得细致有余，甚至分边往下梳，闪闪发亮。他抛开自己的帽子，那上面有金色的花押字母，也许是某家银行制作的商标。帽子像一道弧线一样穿越整个房间，往长沙发的方向落下。他的手拂开制服衬衫的长下摆，伸进裤子口袋，带着愠怒的表情走向格雷戈尔。他自己一定也不知道，下一步该做什么；他只是把脚抬得奇高，然后，格雷戈尔被父亲巨大的靴底吓得目瞪口呆。但他不能一直这样下去，他从新生活的第一天就知道，父亲认为只能以最严厉的方式待他。所以，他在父亲的面前跑着，等到父亲停下脚步，他也跟着停下来；当父亲开始移动时，他又急忙往前跑。就这样，两人在房里绕了好几圈，并没有发生什么决定性的事情，整个过程，由于速度缓慢，也显得不像是一场追逐。格雷戈尔一直都在地板上活动，因为他担心，如果他逃到墙上或天花板上，父亲会认为那些是恶意的行径。然而格雷戈尔还是得说，他没法忍受这样无止境地跑下去，因为父亲只要走一步，他就得进行无数的动作。他开始感到呼吸困难，仿佛在早年的时候他就不曾拥有一副值得信任的肺。他一路跌跌撞撞，将所有的力气集中在奔跑上，眼睛几乎没有睁开；他知觉迟钝，除奔跑之外，完全没有想到其他的脱逃方式；他几乎忘了四面墙壁正空在他面前，尽管这里被精雕细琢的充满尖角的家具堵住了——此时，有个什么东西被轻抛了过来，它从他身旁飞过，然后滚落在他面前。那是一个苹果；马上又飞来第二个；格雷戈尔惊恐地站在那里。继续跑是没有用的，因为父亲已经下定决心对他进行轰炸。他将苹果从餐具柜上的水果盘中取来，塞满口袋，然后全无瞄准、一个接一个地丢过来。这些红色的小苹果如通电一般，在地上剧烈地四处滚动，相互碰撞。一个力道较轻的苹果抛来，抚过格雷戈尔的背然后滑下去，他毫发无伤；另一个苹果紧接着向他飞来，直直命中他的背。格雷戈尔想拖着身体往前走，仿佛通过地点的变换，他便可以对这突如其来的剧痛失去知觉。然而，他仿佛被钉住了一般，在所有感官皆已错乱的情况下，伸开四肢躺了下来。他意识模糊地看了最后一眼，瞥见房间的门被撬开；在妹妹的尖叫声中，母亲冲了进来；她穿着衬衣，因为妹妹为了让母亲在昏厥之中舒缓呼吸，为她解开了衣服，以至于母亲往父亲的方向跑去时，那松脱的衬裙沿路一件件地滑到了地上；母亲被衬裙绊住脚，踉跄地走向父亲，扑上去拥抱他，与他全然合二为一——此刻，格雷戈尔的视线已然模糊——只看见一双手在父亲的后脑勺抚摩着，请求他爱护儿子的生命。

三

这次重伤让格雷戈尔苦了一个多月——那个苹果一直嵌在他的肉身之躯中，像个醒目的纪念品，没有人敢将它取下来——这仿佛是在提醒父亲，尽管格雷戈尔现在的模样令人厌恶又可悲，但他仍是家庭成员之一，不应该将他当作敌人看待，对他还是应该尽家人的义务，将所有的反感咽下去，除了容忍，还是容忍[3]。

格雷戈尔因为受伤，身体可能再也没法活动了。

---

3 此处的“容忍”(dulden)有“宽容、忍耐、容许”之意。做名词“Duldung”时则为“容忍居留”，用于基督教容忍异邦人、德国容忍异族或难民居于其土地时的态度或法令。中世纪以后，犹太人即在容忍居留与遭受迫害之间游走。

现在他就像一个年迈的伤残人士般，需要耗费大量时间才能穿过自己的房间——爬高就更不用想了——他的状态恶化至此，也获得了他认为足够的补偿，那就是每到晚上，客厅的门会被打开。他总是提前一两个小时守在那里，开始仔细观察。现在，他可以躺在自己房里的暗处，人们从客厅看不见他，他却可以看见家人坐在被照亮的桌子旁，并且经过大家的允准后，他还能够倾听他们谈话——这与从前截然不同。

当然，他们的谈话不再像从前那般生动活泼了。那是格雷戈尔每次疲惫不堪，不得不在旅馆的小房间里钻进潮湿的被褥时，都会带着些许的怀念与渴望想起的光景。如今家里变得非常安静：父亲在晚餐过后很快便会在扶手椅上睡着；母亲与妹妹则互相告诫对方保持安静；母亲在灯光下垂头弯腰，为一家时装店缝制高级衬衣；妹妹被录用为店员以后，晚上会修习速记与法语，为了将来有一天也许可以谋得更好的职位。有时父亲醒过来，像是浑然不知自己睡着过，然后对母亲说："今天你怎么又缝那么久！"就在母亲与妹妹疲惫地相视而笑时，父亲旋即睡去。父亲脾气执拗，就算回家了也拒绝脱下制服。睡袍无用地垂挂在衣钩上，父亲一身穿戴整齐，坐在他的位子上浅眠，仿佛在此不过是为了听候上司发落，随时准备着去上班。因此，这件原本就不大新的制服，尽管有母亲与妹妹的悉心照料，也渐渐不再干净整洁。格雷戈尔时常整晚看着这件脏得不能再脏的衣服，上面的金色纽扣被擦得晶亮，映衬着衣服。老人在这身衣装之中显得很不舒服，却睡得非常安稳。

直到时钟敲了十下，母亲立即轻声唤醒父亲，劝他上床去睡；因为在这里睡觉质量不能保证，可良好的睡眠对六点就得上班的父亲来说又格外重要。然而自从父亲当上杂役以后，便开始了这种执拗的习惯——尽管他会固定在桌旁睡着，却总是坚持在那里待得久些——最后大家只得费尽千辛万苦才请得动他，让他从扶手椅换到床上去。无论母亲和妹妹如何好言相劝，他也只是闭着眼睛缓慢地摇头，宁愿这样摇上十五分钟也不愿起身。母亲拉拉他的衣袖，在他耳边说些奉承的话，妹妹也丢下功课来帮母亲，可是这些对父亲一点儿用也没有。他只会在扶手椅里沉陷得更深。直到这两个女人把着他的左右两腋架他起来，他才睁开眼，轮番看着母亲与妹妹，口中不时叨念："这是我的人生。这才是我晚年安详的生活。"父亲被两个女人支撑着，费尽九牛二虎之力才起身，好似他的身体对于自己而言就是最沉重的负荷，他任由自己被两个女人运到门边，使眼色示意她们离开之后，不倚靠人兀自走去。之后，母亲会赶紧随手收拾她的缝纫用具，妹妹也会急忙丢下她的羽毛笔，好追上父亲，照料他上床。

在这个工作过度且劳累不堪的家庭里，如果不是万分必要，谁还会有时间去照顾格雷戈尔呢？眼看家用一天比一天紧张，他们解雇了女佣，早上和晚上会有一名高大瘦削、头发花白的钟点女工来做最粗重的工作；其余家务则全由母亲在繁多的缝纫工作之余料理。甚至，从前母亲和妹妹极其欢喜的、赶赴宴会庆典时穿戴在身的各种传家珠宝也都卖掉了，这是格雷戈尔晚上听见大家讨论该卖出多少钱时才得知的。然而最可悲的事情是，他们一家人没办法搬离这个对于他们当下处境而言过于宽敞的房子，因为他们想不出让格雷戈尔迁居他处的方法。但是格雷戈尔大抵看穿了这些，他们并不只是因为顾虑到他而难以迁居，他们大可将他放在一个大小适中、上面有些孔洞的通风的箱子里，然后轻易地将他搬走；事实上，妨碍一家人换房子的主要原因是全然的绝望以及受不幸重创的思绪——这样的不幸在他们的亲戚朋友当中，还没有发生过。这世界要求穷人所做的事情，他们到底是做尽了：父亲为银行的小职员去端早餐，母亲为陌生人的衬衣牺牲奉献，妹妹依顾客的命令，在柜台后面来回地跑；如果事情再多些，一家人就无力能及了。当母亲和妹妹把父亲送上床，再次回来后，她们会把工作放在一旁，脸贴着脸，紧挨在一起坐着。这时，格雷戈尔背上的伤也会像新伤一样，开始隐隐作痛。母亲的手指向格雷戈尔的房间，说："把那道门关起来，格蕾特。"格雷戈尔再度置身于黑暗中，隔壁的女人们或痛哭流涕，或泪已流干，呆滞地凝视桌面。

格雷戈尔几乎在失眠的情况下度过了日日夜夜。有时他想，等下次门打开时，他会像从前一样，将家里的事再度揽在手中；过了许久，他的脑海里又出现了老板、经理、店员与学徒的身影，还有驽钝的工友、其他商行的两三个好友、乡下某间旅社的女仆、一段稍纵即逝的爱的回忆——他苦苦追求过一位帽子店的女出纳员。这些掺杂陌生感的、他几乎遗忘的人，对他和他的家庭没有帮助，他们都遥不可及，当他们从脑海中消失后，格雷戈尔感到高兴。然后他不再有心情烦恼家里的事——差劲的照料激起他满怀愤懑。尽管他不知道自己哪儿来的食欲，他仍计划起了如何进入食物储藏间，就算肚子不饿，他也要取得自己应得的食物。现在，妹妹再也不去思索格雷戈尔特别的偏好，她会在早上、中午赶着上班时，以最快的速度，用脚将随意一道菜肴推进格雷戈尔的房间里；到了晚上，她则冷冷地用扫帚将食物——也许只被尝了几口，更多时候则是完全没被碰过——轻轻地扫出来。如今，她总是要等到晚上才开始房间清扫工作，一点儿也没办法快速完成了。脏污的丝线布满房间四壁，到处都是裹着灰尘的线团和成堆的垃圾。起初格雷戈尔会在妹妹到来时，刻意躲在房间特别显眼的一角，目的是借此间接责备她。然而，就算他在那里待上整整一个星期，妹妹对他的态度也不会有所改善；她同他一样，看见了脏污，却下定决心，视若无睹，置之不理。同时，她内心一种崭新的敏感似乎被唤醒——其实，全家人都有着同样的敏感，知道整理格雷戈尔的房间是她的特权。一次，母亲用几桶水为格雷戈尔的房间进行了一次大扫除，把房里弄得非常潮湿，这让格雷戈尔分外难受，他痛苦不堪、一动不动地平躺在长沙发上。母亲最终得到了惩罚，因为就在妹妹晚上察觉格雷戈尔的房间有所改变时，她深感冒犯，迅速奔向客厅，虽然母亲举起双手求饶，她还是抽噎了起来。父母先是惊诧无助地看着，然后他们一家全变得激动起来：父亲先是从他的扶手椅里惊跳起来，责备右边的母亲为什么不把清理格雷戈尔房间的工作让给妹妹；然后对左边的妹妹喊道，今后不准再去清理格雷戈尔的房间；母亲则试着将怒不可遏的父亲拖进卧房；妹妹哭得身体发抖，同时握紧小小的拳头在桌上敲打；格雷戈尔发出愤怒的嘶嘶声，因为没有人想到要把门关上，好藏住这喧闹的情景，不让他看见。

但是，就算妹妹下班回来精疲力竭，不耐烦像往日那般照料格雷戈尔，母亲也无须代理她的工作，格雷戈尔并不会无人顾及，因为还有钟点女工在。这位年迈的寡妇，总想着在长长的一生中用她健壮的骨骼扛过最艰辛的事情，她其实并不嫌恶格雷戈尔。有一回，她不小心打开了格雷戈尔的房门，先前她对那里从不好奇，如今看见了格雷戈尔。格雷戈尔受到惊吓，尽管没人追捕他，他还是开始来回奔跑。女工双手交叠在胸前，目瞪口呆地站在那里。此后，她总会找机会在每天早晚迅速地把门打开一条缝，探头进去看看格雷戈尔。刚开始时，她还会用些她自认为亲切的话招呼他，比如："臭甲虫，过来一下嘛！""看看这老臭甲虫！"对于这样的攀谈，格雷戈尔不予理睬，一动不动地留在原地，就当那道门从未开启过。与其放任这位老女工兴致一来就来无端打扰，不如命令她每天来清理房间！有天早晨——一阵骤雨打在玻璃上，这预示着春天即将到来——老女工又聒噪起来，格雷戈尔非常恼火，作势要攻击她，却显得缓慢虚弱。老女工并不感到畏惧，只是举起摆在门口附近的椅子，她张大嘴巴站在那里，显然是在说，非要等到她手中的椅子击中了格雷戈尔的背，那嘴巴才会闭上。正当格雷戈尔转过身时，她问：“怎么，不继续了吗？”然后她静静地把椅子放回了角落。

如今，格雷戈尔几乎不再进食了。只有在偶然经过备好的菜肴时，他才会玩耍般地抓一些食物放进嘴里，含在口中几个小时之后，格雷戈尔大多会把它们再吐出来。起先他想，也许是因为伤感于自己房间的状态改变，所以才影响了他进食的胃口，但他早就选择了顺从迁就，也很快地安于房间的改变。大家开始习惯将无处安置的东西放进这个房间，如今这些物品为数不少，因为家里的一个房间出租给了三个男人。这三个严肃的男人都蓄着络腮胡，而且一如格雷戈尔曾经透过门缝发觉的那样，他们格外注重卫生，不仅关注他们房间的卫生，而且自从他们住在这里开始，也非常注重整个家，特别是厨房的卫生。他们无法忍受无用或者肮脏的废物。此外，他们还自带了大部分家具。由于这个原因，家里许多东西变得多余，既不能变卖，也不好丢弃。所有这些都流落到了格雷戈尔的房间，连厨房里的旧坛子、垃圾箱也不例外。只要是目前用不到的，老女工就会以飞快的速度将它们放进格雷戈尔的房间。格雷戈尔往往也很幸运，他只看得见那些物品和握住它们的那双手。老女工的本意也许是，看将来有什么时机，可以再把这些东西拿出去，或者找个机会一次性把它们都扔了。可事实上，要不是格雷戈尔穿行在这些破烂中，时不时挪动它们的话，它们全是被扔在哪儿就留在哪儿的。最初，格雷戈尔被迫如此，因为没有其他的空间可供爬行，后来，他渐渐发现了其中的乐趣，即使他在这样的徒步漫游后，会累得要命，还会徒然悲伤，戳在那里数小时之久，一动不动。

由于三位房客有时会在家里的客厅享用晚餐，届时格雷戈尔的房门会被关上。但格雷戈尔早就不对开门抱有什么期望了，甚至有几晚，当门打开时，他都没有善加利用，而是躺在房间最阴暗的角落里，没让家人发现。有一次，老女工将通往客厅的门打开了一点儿，并一直维持着半开的状态，直到晚上房客进来打开灯。他看见他们坐在桌边——那是从前父亲、母亲与格雷戈尔坐的地方——展开餐巾，手握刀叉。母亲端着一盘肉出现在门口，妹妹则端着满满一盘马铃薯，紧随其后。食物热气蒸腾，房客们俯身端详，像是要检验食物。事实也的确如此，坐在中间、看似地位最高的那位房客真的切开了盘中的一块肉，查看煮得够不够嫩，是否有必要送回厨房重做。他很满意，母亲与妹妹松了一口气，露出笑容。

他们全家人现在都在厨房吃饭。尽管如此，父亲仍会在进到厨房之前先走到客厅来，对着其中一人鞠躬数次，然后将帽子拿在手上，绕桌一圈。房客则会全员起身，嘴巴藏在胡子里喃喃低语着。等到只剩下他们三个时，他们在全然的缄默之中继续吃饭。格雷戈尔觉得奇怪，在各式各样的用餐声音中，他总是特别留意听到牙齿咀嚼的声音，它像是在告诉格雷戈尔，人需要牙齿才能吃饭，否则，下颌再怎么健美，没有牙齿也是徒劳。“我肚子饿了，”格雷戈尔自言自语，忧心忡忡，“但不想吃这些东西。这些房客大吃特吃，而我却要在此活活饿死！”

就在这天晚上——格雷戈尔不记得这段时间以来曾经听过小提琴声，如今它却奏鸣着，从厨房里传来。房客们的晚餐已结束，坐在中间的人掏出一份报纸，分给其他两人一人一张，大家背靠着椅子读报，还抽起了烟。小提琴奏响时，他们都注意到了，于是纷纷起身，踮起脚走向前厅，三人挤在里面站着。

厨房里定是有人听见了他们的声音，父亲问：“是不是这演奏让各位先生不舒服了？我们可以立即终止。”

“完全相反。”坐在中间的那位男人说道，“这位小姐是否愿意到我们这里演奏一曲？我们的房间更为舒适，不是吗？”

“哦，太好了。”父亲喊着，仿佛他自己就是演奏小提琴的人。三个男人退回房里等待。父亲迅速拿来谱架，母亲拿着乐谱，妹妹带着小提琴走进去。妹妹镇定地展开弹奏需要的所有东西；父母亲由于不曾有过出租房间的经验，因此对房客的礼节有些过分夸张，他们竟不敢坐在自己的椅子上；父亲靠在门边，右手插在整齐扣好的制服上衣的两个纽扣间；母亲应房客的邀请坐下，其中一个房客递来一把椅子，她便坐在那个房间的角落里。

妹妹开始演奏，父母亲各自在两边，聚精会神地看着她双手的摆动。格雷戈尔被演奏所吸引，勇敢地往前挪了些距离，他的头几乎伸进了客厅。他一点儿也不惊讶自己近来对别人少有顾虑；从前他时常对自己体谅他人这点引以为傲。现在他应该有更多的理由把自己藏匿起来，由于他的房间布满灰尘，稍微动一动，尘土就会四处飞扬。他全身也是灰，线头、发丝、食物残渣都拖曳在他的背上，随着他的移动四处摆荡。他对一切都漠不关心，不像从前那样会在一天当中多次仰躺在地毯上摩擦他的背。尽管状态如此，他也毫不羞怯，在客厅一尘不染的地板上挪动了一步。

其实也没有人注意到他，全家人都沉浸在小提琴的演奏中。房客则恰恰相反，他们先是将手插进口袋，近距离地站在妹妹的谱架后方，这样他们才好看见乐谱的内容，然而此举却干扰了妹妹，他们马上在轻声谈话之中抽身回来，低头靠向窗边；他们留在那里，父亲忧虑地观察着。他们的表现显然是在说，他们本以为会听到一场优美或者助兴的小提琴演奏，结果却大失所望，这整场表演他们已经听够了，却还是出于礼貌继续忍受着这扰人安宁的乐声。特别是他们每个人自鼻子、嘴巴里向上呼出的雪茄烟，父亲由此推断出他们烦躁不安。其实妹妹演奏得非常优美。她的脸斜向一侧，目光循着一行行乐谱，拉动琴弦，专注而又悲伤。格雷戈尔再往前爬一步，把头低伏在地面，尽可能想攫住她的目光。若他真是一只动物，音乐为什么会如此感动他？于他而言，眼前似乎出现了一条路，指引他走向渴盼的、不知名的食粮。他决心往前挪动到妹妹身边，拉扯她的裙摆，向她表示，希望她带着小提琴到格雷戈尔的房间去，因为这里的任何人都不配聆听她的演奏，只有格雷戈尔才是她真正的听众。他再也不愿意让妹妹从他的房间离开，至少在他有生之年都会这样。他可怕的外表首度对自己起到了帮助作用；他想同时守住每一道门，对着侵略者咆哮。

妹妹却是不可以强迫的，他要让她自愿留在那里；她应当同他一起坐在长沙发上，垂耳倾听，然后他会对她坦承，说自己早已明确要送她去上音乐学院了，要不是因为这当中发生的不幸，他本想不顾任何反驳，在上一个圣诞节说出来这个计划的——圣诞节是不是早就过了呢？妹妹要是听见这些话，一定会感动得哭出来，那时格雷戈尔会抬高身体，搭着妹妹的肩，亲吻她的脖子。自从妹妹开始上班以后，她就再也不系颈巾或穿高领衣服了。

“萨姆萨先生！”坐在中间的那位先生对着父亲大声喊道，然后一语不发，用食指指着正在缓慢向前移动的格雷戈尔。小提琴戛然静默，坐在中间的房客先是吃惊地摇头，对着朋友微笑，然后望向格雷戈尔。父亲似乎认为先安抚房客比赶走格雷戈尔来得更为紧要，尽管房客们其实非常镇定，对他们而言，格雷戈尔显然比小提琴演奏有趣多了。父亲急忙走过去，手臂大张，敦促他们回房，同时用身体挡住格雷戈尔，不让他们看见。现在他们真的有些恼怒了，不知道是因为父亲的行为，还是因为现在才意会到，原来他们有着格雷戈尔这样的邻居却不自知。他们要求父亲给出解释，一边举起手臂，不安地捻着胡子，一边慢慢地朝房间撤退。

妹妹在演奏突然中断之后，陷入一片孤独与迷惘。好长一段时间，她的双手垂落，仍握着小提琴与琴弓；妹妹努力想要克服这些，于是假想自己还在演奏，她望着乐谱，几度想要振作，最后忽然将乐器丢到母亲怀里，奔向隔壁的房间。母亲仍坐在椅子上，她呼吸急促，肺部剧烈起伏，而房客们在父亲的敦促之下，快步靠近了隔壁的房间。妹妹巧手利落，迅速铺开床上的棉被与褥垫。房客们还没进到房间，她便已备好床铺，一溜烟消失了。父亲执拗的个性再度暴露，不断地催促再催促，他忘了不能对房客有失尊重，这本是他应该尽的义务。直到抵达房门口，中间的那位男人雷霆大发地顿足之后，父亲才停住脚步。

“在此我声明，”房客举起双手说道，眼睛不忘看着母亲与妹妹，“鉴于这屋子、这个家里这令人反感的情况，”这时，他断然吐了一口痰在地上，“我宣布解除房间租约，就在此时此刻。关于已经住过的时间，那些房租我当然一毛都不会付，相反，我还会考虑向您提出金钱赔偿的要求，请您相信，赔偿的理由非常容易成立。”说完，他沉默地看着前方，像是在等待什么。果真，另外两位友人立刻接腔道：“此刻我们也解除租约。”紧接着，他抓住门把，砰的一声猛地关上了门。

父亲的双手一路摸索，摇摇晃晃地回到他的椅子旁，一下子跌坐进去，看起来就像平日晚上习惯的那样。但他不停剧烈地点头，显示了他不会瘫在椅子里睡着。在这期间，格雷戈尔一直静静待在房客发现他的地方。由于计划失败的绝望感，还有过度饥饿导致的虚弱，他没有办法移动身体。因为某些确信的事情，他开始担忧下一刻会有令人崩溃的事在他身上爆发，他等待着。即便小提琴从母亲颤抖的指尖滑落，从怀中掉了下来，发出响声，也没有使格雷戈尔受到惊吓。

“亲爱的父亲母亲，”妹妹说，一只手敲向桌子试图引起注意，“不能再这样下去了。也许你们没看清，但我可看得一清二楚。在这个怪物面前，我不愿意说出我哥哥的名字，我只想说——我们必须努力摆脱这一切。我们已经尽了人力之所及，去照顾它，去容忍它，我相信，没有人能对我们提出任何责难。”

“她说的千真万确。”父亲喃喃自语。还一直无法顺利呼吸的母亲，用手捂着嘴，带着精神错乱般的眼神，开始干咳起来。

妹妹连忙跑到母亲身边，扶住她的额头。父亲似乎因为妹妹的话而萌生了某些想法，他端坐起来，对着房客晚餐后留在桌上的餐盘，把玩起他工作服的帽子，偶尔看一眼静默不动的格雷戈尔。

“我们必须努力摆脱这一切，”这次妹妹只对父亲说着，因为母亲在咳嗽什么也听不见，“他会害死你们的，我知道那会发生。像我们大家这样辛苦工作，回到家是没有办法忍受这种无尽的痛苦的。我再也没办法忍受下去了。”她情绪激动地开始哭泣，眼泪往下滴，落到母亲脸上，母亲擦拭眼泪，那手摆动的姿势呆板如机械。

“孩子，”父亲满怀同情，万般理解地说，“那我们该做什么呢？”

妹妹耸耸肩，一筹莫展，在哭泣之中，她失去了先前的信心，现在反倒变得不知所措了。

“要是他能听懂我们的话……”父亲半信半疑地说。妹妹哭泣不止，伸出手拼命地摇，表示那是想也别想的事。

“要是他能听懂我们的话，”父亲重复道，闭起眼睛在内心认真思索妹妹所说的不可能，“也许我们能与他达成协议。但像这样——”

“它必须走！”妹妹喊道，“这是唯一的办法，父亲。你需要设法摆脱‘它是格雷戈尔’的想法。我们相信这件事情相信得太久了，这才是我们真正的不幸。但是它怎么可能是格雷戈尔呢？如果它是的话，那它早就该认清人类跟这样一种动物共同生活是不可能的事，它该自愿走掉才对。我们可以没有哥哥，没有哥哥我们还是可以继续活下去，然后把他当成珍贵的怀念。可是这只甲虫却跟踪我们、迫害我们，把房客驱逐出去，它显然是要吞掉整个房子，让我们露宿街头。看啊，父亲。”她忽然大喊，“它又开始了！”妹妹对格雷戈尔感到无端的恐怖，她甚至抛开母亲，生硬地从椅子上迅速逃开，仿佛她宁愿牺牲母亲，也不愿意靠近格雷戈尔；她急忙跑到父亲背后。父亲仅仅因为她的行为就变得激动起来，他站起身，在妹妹面前将手臂抬得半高，作势要保护她。

然而格雷戈尔一点儿也没有想过要吓唬什么人，更别说是自己的妹妹了。他开始转身，想走回自己的房间，可是痛苦的身体状况让他连转身都觉得困难。他需要用头来协助才行，好几次都将头抬高，再甩到地上，因此动作幅度显得非常大。他止住脚步，望向四周。他的善意似乎被大家看了出来；那惊吓只是暂时的。如今每个人都沉默且悲伤地看着他。母亲躺在扶手椅上，双腿并拢伸直，疲惫得几乎闭上了眼睛；父亲与妹妹毗邻而坐，妹妹的手搂着父亲的脖子。

“现在我也许能够转身了。”格雷戈尔想着，便又开始了他的行动。他无法压制住因劳累而发出的喘息声，他需要不断地喘气休息。况且既无人关照他，又没人催促他。在完成转身动作之后，他立即开始直直地往回挪动。他惊诧着，原来自己与房间相隔的距离竟如此遥远，完全无法理解自己虚弱的身体刚刚是如何浑然不觉地走完同样的路的。他一心只想着爬得更快些，几乎没有注意到，家人没有以说话或叫喊的方式打扰他。直到抵达门口，他才想着要转过头去。可是，因为颈部僵硬，他无法完全掉头。无论如何，他还是看见了身后的境况——无所改变，只有妹妹站了起来。最后，他的目光落在母亲身上，她沉沉地睡去了。

他一进房间，门便被迅速关起，闩上并锁住了。身后突如其来的响声吓到了格雷戈尔，细小的腿像快折断一般震了一下。是妹妹，她如此迅捷。事实上，她早就直挺挺地站在那里了，等到哥哥进去，她步履轻盈地纵身一跃，一气呵成。格雷戈尔压根儿没有听见她来了。可是，她转动锁孔中的钥匙时，向父母大喊一声："终于！"

"现在该怎么办？"格雷戈尔自问，然后在黑暗中张望。他很快察觉到，自己完全不能动了。对此他并不感到惊奇，更确切地说，他反倒觉得，身体要靠这些细小的腿往前移动是不自然的事。况且他现在觉得舒服多了。虽然他浑身疼痛，但是这些疼痛之于他会渐弱再渐弱，终将逝去。嵌在他背上的苹果腐烂了，苹果周围的部位发炎了，表面已经完全被柔软的尘埃覆盖了，他已知觉全无。他回想起他的家人，满心感动与爱。关于必须消失的这个想法，他也许比妹妹更坚定。他停留在这虚空宁静的深思之中，直到塔楼的大钟敲了三下，窗外破晓，天色渐亮。格雷戈尔如丧志一般，他的头沉甸甸地垂下去，鼻孔中涌出最后一丝微弱的气息。

清晨，老女工来了——尽管先前人们已经劝过她多次要轻手轻脚，可她依然会用力且匆忙地关上所有的门，让整间房子里的人都因为她的到来而无法再安稳睡觉——在这一如往常的短暂来访中，她并没有发现任何异样。她想，他是刻意装出来的，一动不动地躺在那儿，一副忍辱负重的样子；她对他的心思了如指掌。因为她手上刚好拿着长扫帚，便想从门口过去帮格雷戈尔搔痒。然而，她的举动没有得到任何回应，她生气了，于是用力地戳格雷戈尔的身体，见格雷戈尔毫不反抗地停在原地任她戳时，她便觉得不对劲了。不久之后，她就认清了事实的真相，瞠目结舌地发出嘘声，不愿久留。她扯开卧室的门，大声地朝向黑暗叫喊："你们看，它翘辫子啦！它躺在那里，整个翘辫子啦！"

萨姆萨夫妇从他们的老婚床上端坐起来，他们得先克服对老女工的惊惧，才有办法弄明白她的通报到底意味着什么。然后萨姆萨先生与太太从各自的方向，以最快的速度下了床。萨姆萨先生迅速将毛毯披在肩上，萨姆萨太太只穿着睡袍，他们如是踏进了格雷戈尔的房间。在这期间，客厅的门也打开了，自从房客搬进来以后，格蕾特都睡在这里；她穿戴整齐，仿佛一夜没睡，她苍白的脸色也足以做证。“死了？”萨姆萨太太问，她带着疑惑仰望着老女工，尽管她明明可以自行求证这一切，甚至无须求证，她就可以看出来。“我想是的。”老女工说，为了证明，她用扫帚将格雷戈尔的尸体往旁边推了很远。萨姆萨太太作势要拦住扫帚，却没有真的行动。“现在，”萨姆萨先生说，“现在我们可以感谢上帝了。”他在胸前画了画十字，三个女人也照着做了。格蕾特的视线始终没有离开尸体，她说：“看，它好瘦。它已经好久没有吃东西了。端进去的食物总是原封不动地端出来。”确实，格雷戈尔的身体完全干瘪了，直到此刻，大家才看清楚这一点。现在这身体不再需要细小的腿支撑，也没有其他东西阻碍视线了。

“来，格蕾特，到我们屋里来一下。”萨姆萨太太带着悲伤的微笑说着，格蕾特一边屡屡回望那具尸体，一边尾随父母走进卧房。老女工关上门，把窗户完全打开。虽然还是清晨，新鲜的空气里却透着一丝暖意。毕竟现在已是三月底了。

三位房客走出他们的房间，四下寻找早餐未果，大感惊讶：大家已经忘记他们了。“早餐在哪里？”中间站着的男人不悦地问老女工。她用手指抵住嘴巴，沉默却又急促地向房客们挥手，示意他们到格雷戈尔的房里来。他们还真的进去了。此时的房间已完全被照亮了，他们围着格雷戈尔的尸体站着，双手插在有些老旧的外套口袋里。

此时卧房的门开了，萨姆萨先生穿着他的制服出现，一只手搭着太太，另一只手搭着女儿。三人的眼睛哭得都有些红肿，格蕾特时不时将她的脸躲在父亲的手臂下。

“请你们即刻离开我的房子！”萨姆萨先生一边说着，一边指着大门，依然拥着两个女人不放。“您这是什么意思？”中间那个男人有些惊愕，却假意谄媚地微笑着。另外两个房客则将手放在背后，不住地摩拳擦掌，似乎高兴地期待一场大争吵，并且相信他们最终会大获全胜。“我的意思就是刚刚所说的那样。”萨姆萨先生回答，然后与两位女伴一道向那位房客走去。起先他静静地站在那里，望着地板，仿佛正在脑海中编组一个新秩序。“那么我们就走吧。”那位房客说着，有种突如其来的谦卑感，随即仰望着萨姆萨先生，好似这样的决定也要征得他的同意。萨姆萨先生只是睁大着眼睛，对他点了几次头。然后，那位先生便大步走向前厅；他的两位朋友为了聆听，已经停止摩拳好一会儿了，这时他们立刻跳向他，紧跟在后，好似在害怕萨姆萨先生会先他们一步进到前厅，阻碍他们与领头人的联系。在前厅，那三个人从挂衣钩上取下帽子，从手杖架中抽出手杖，默默地鞠完躬就离开了屋子。萨姆萨先生脸上写着莫名的猜疑，与两个女人一起走到玄关处；他们靠在栏杆上，看着这三个男人迈着缓慢而持续的步伐走下长长的阶梯；他们在每一层楼转弯的时候短暂消失，又露出身影；他们越往下走，萨姆萨一家对他们的兴趣就越小。此时，与他们迎面而来又擦肩而过的是一名肉贩学徒，他头上顶着箩筐，傲慢地往上爬；不久，萨姆萨先生就与女人们离开栏杆，每个人都如释重负般回到了他们的屋子。

他们决定用休息和散步来打发这一日。他们不仅需要这样的工作间歇，也真的需要这间歇。于是，他们坐到书桌前，准备写三封请假信，萨姆萨先生写给管理部，萨姆萨太太写给委任工作的老板，格蕾特写给店主。他们正在写信的时候，老女工进来了，她说她要走了，因为早晨的工作已经结束。三个正在写信的人起先只是点点头，不曾抬眼望她，直到他们发现老女工迟迟不肯离去，才恼怒地抬起头。

“怎么？”萨姆萨先生问。老女工一脸微笑地站在门口，好似她要为这家人报告什么天大的喜事，除非他们真要问个详细，否则她是不会说的。有根小小的鸵鸟羽毛直挺挺地立在她的帽子上，在她工作的这段时间，萨姆萨先生总看它不顺眼，一见即怒，如今这羽毛正兀自地轻轻摇曳。

“您到底想怎样？”萨姆萨太太问。她是老女工最敬重的人。

“呃，”老女工回答，她大笑着，笑得话都说不下去了，“关于隔壁的那个废物的处理问题，您不需要担心。我都已经安排好了。”萨姆萨太太与格蕾特垂下头，想继续写信；萨姆萨先生察觉到老女工想详细描述一切，便伸出手阻止了她。既然没人允许她说下去，而她又猛然想起自己还要赶时间，便以一副被冒犯的姿态喊道：“各位再见了。”她干脆地转过身去，伴着震耳的关门声，离开了屋子。

“晚上就解雇了她。”萨姆萨先生说，他的妻子与女儿却都没有回应，因为老女工似乎扰乱了她们难得的平静。她们起身走到窗边，停在那里相拥着。坐在扶手椅上的萨姆萨先生转过头去，静静地注视了她们一会儿，然后喊道："还是过来吧。过去的事情就让它过去吧。你们多少也要顾虑一下我啊。"女人们立即照办，连忙过去亲昵地安抚他，并且快速地把信写好了。

然后，三人一同离开了屋子，搭乘电车去城外郊区，他们已经有几个月没有这样过了。温暖的阳光洒满车厢，里面只有他们三个人。他们惬意地靠在座位上，谈论着关于未来的种种展望，目前看来，前景似乎不差，因为他们三个人的工作都很不错。在此之前，他们还没来得及相互沟通。改善处境的当务之急，就属更换住所了，这次他们想要一个较小、较便宜，但位置更好且更便利的房子，不要像格雷戈尔挑选的那样。

聊着聊着，萨姆萨夫妇眼见他们的女儿越来越有生气了，两人不约而同地感慨，虽然近来祸事不断，她的脸色因此有些苍白，但她如今却出落得亭亭玉立。他们渐渐安静下来，下意识地交换眼神，心想现在正是为她物色一个好夫婿的时候。到站时，女儿率先起来，舒展着她年轻的身体，对于他们而言，这仿佛是他们的美意和全新梦想的明证。

卡夫卡年表

1883年	7月3日，弗朗茨·卡夫卡生于波希米亚王国首都布拉格。波希米亚王国的范围大致相当于今天捷克共和国摩拉维亚地区以外的地方，当时隶属于奥匈帝国。 卡夫卡的父亲赫尔曼·卡夫卡（Hermann Kafka，1852—1931）出身贫寒，是捷克犹太商贩，母亲朱莉·洛维（Julie Löwy，1856—1934）出身犹太中产之家，受教育程度不高，仅能从事主妇之职，协助丈夫经营妇女美妆用品店。 卡夫卡有三个妹妹，分别为爱莉·卡夫卡（Elli Kafka，1889—1942）、娃莉·卡夫卡（Valli Kafka，1890—1942）和奥特拉·卡夫卡（Ottla Kafka，1892—1943），她们都在“二战”期间死于纳粹集中营。大妹与二妹于1941年10月被送往波兰洛兹（Lodz）的犹太集中居住区，翌年死于库尔姆（Kulmhof）集中营；小妹于1943年死于奥斯维辛－比克瑙（Auschwitz II-Birkenau）集中营；另有两个弟弟，皆在幼年病逝。
1889年（六岁）	就读于弗莱许广场（Fleischmarkt）的德语小学。 9月，大妹爱莉出生。
1890年（七岁）	9月，二妹娃莉出生。
1892年（九岁）	10月，小妹奥特拉出生。
1893年（十岁）	进入旧城德语中学就读。与家人住在柴特纳街。
1901年（十八岁）	夏天，中学毕业。 秋天，入布拉格卡尔－费迪南大学（Karl-Ferdinands-Universität），当时也称布拉格德语大学（Deutsche Universität Prag）就读； 起初修习化学、日耳曼语言文学与艺术史，后改习法律。

1902年（十九岁） 暑假，在波希米亚西北部城镇里波荷（Liboch）与特里施（Triesch）的舅舅家度过，其舅舅西格弗里德·洛维（Siegfried Löwy）为一名乡村医生。

10月，在大学初识捷克犹太作家与评论家马克斯·布罗德（Max Brod，1884—1968），后成为莫逆之交。

1904年（二十一岁） 撰写短篇小说《一场战斗纪实》（*Beschreibung eines Kampfes*），此为卡夫卡现存最早的作品。与犹太作家马克斯·布罗德、奥斯卡·鲍姆（Oskar Baum，1883—1941）、费利克斯·韦尔奇（Felix Weltsch，1884—1964）等开始固定聚会，交往密切。

1906年（二十三岁） 10月，开始在布拉格地方与刑事法庭实习，为期一年。

1907年（二十四岁） 撰写《乡村婚礼筹备》（*Hochzeitsvorbereitungen auf dem Lande*）。

10月，受到舅舅推荐，进入布拉格“忠利保险公司”担任临时雇员。随家人搬迁至尼可拉斯街。

1908年（二十五岁） 3月，在《许培里昂》（*Hyperion*）文学双月刊发表八则小短文，后收录于《沉思》（*Betrachtung*）。

7月，离开“忠利保险公司”，入“劳工事故保险局”任职，它是波希米亚王国的半官方机构，卡夫卡在此工作至1922年，长达14年之久。

1909年（二十六岁） 春夏之际，开始着手写日记。

9月，与布罗德兄弟（Max und Otto Brod）同游意大利北部，于布雷西亚（Brescia）观赏飞机试飞，写成短篇游记《布雷西亚的飞机》（*Die Aeroplane in Brescia*），不久发表于布拉格的德语报纸《波希米亚日报》（*Bohemia*）。

秋天，编修《一场战斗纪实》第二版。

1910年（二十七岁） 3月底，于《波希米亚日报》发表五则短文，题名《沉思》。

10月，与布罗德兄弟同游巴黎。初遇巡回布拉格演出数月的犹太人剧团，并产生兴趣。

1911年（二十八岁） 夏天，与马克斯·布罗德同游瑞士、意大利北部与巴黎。

9月底，因肺病于苏黎世近郊艾伦巴赫的疗养院停留。

1912年（二十九岁） 年初，开始撰写长篇小说《失踪者》（*Der Verschollene*）。这部作品在之后出版时由布罗德更名为《美国》（*Amerika*）。

夏天，与马克斯·布罗德同游莱比锡（Leipzig）、魏玛（Weimar）与哈茨山（Harz）附近一处名为雍柏恩（Jungborn）的天然疗养院。

8月，整理《沉思》书稿，在布罗德家中遇见柏林犹太人费莉丝·鲍尔（Felice Bauer，1887—1960）。

9月20日，开始与费莉丝通信。

9月22日，一夜撰写出《判决》（*Das Urteil*），该小说奠定了卡夫卡的写作风格。

11月至12月，撰写《变形记》（*Die Verwandlung*）。

12月，《沉思》由德国莱比锡的恩斯特·罗沃特出版社（Ernst Rowohlt Verlag）出版，收录短文十八篇。

12月4日，在布拉格举行首度公开演讲，朗读《判决》。

1913年（三十岁） 3月，在布罗德家中朗读《变形记》。与费莉丝频繁通信。初次赴柏林访费莉丝。

5月，圣灵降临节假期赴柏林再访费莉丝；月底，短篇小说《司炉（一则断片）》（*Der Heizer : Ein Fragment*）（《失踪者》第一章）在莱比锡由科尔特·沃尔夫出版社（Kurt Wolff Verlag）出版。

6月，《判决》发表于布罗德编集的《阿卡迪亚》（*Arkadia*）文学年鉴。

9月，游维也纳、威尼斯、里瓦（Riva）。

1914年（三十一岁） 4月，复活节假期两日赴柏林访费莉丝。

6月1日，在柏林与费莉丝订婚。

7月12日，解除婚约。游历德国北部波罗的海、吕贝克。

7月28日，“一战”爆发，因其公务职能，被免除入伍从军。

8月，在比雷克街租赁自己的房间；月初，开始撰写长篇小说《审判》（*Der Prozess*）。

10月，撰写《在流放地》（*In der Strafkolonie*）。完成《失踪者》最后一章。

1915年（三十二岁） 1月，解除婚约后于波希米亚北部边界城市博登巴赫（Bodenbach，今Decin）与费莉丝·鲍尔相见。

3月，迁居至朗恩街。

10月，《变形记》发表于德国表现主义文学月刊《白书页》（*Die Weißen Blätter*）十月号。

11月，《变形记》由科尔特·沃尔夫出版社出版。

12月，德国犹太表现主义作家卡尔·史登海姆（Carl Sternheim，1878—1942）将其获得的柏林冯塔纳文学奖（Fontane-Preis，1913— ）的奖金八百马克全数授予卡夫卡，作为对其作品的高度肯定。

1916年（三十三岁） 7月，与费莉丝·鲍尔同游波希米亚西部的玛丽亚温泉市（Marienbad）。

9月，《判决》由科尔特·沃尔夫出版社出版。

11月10日，在德国慕尼黑公开朗读短篇小说《在流放地》；月底，迁居至炼金术士街（位于布拉格城堡旁、中世纪风格与炼金传统受保护的黄金巷），撰写《乡村医生》（*Ein Landarzt*）等短篇小说。

1917年（三十四岁） 3月，迁居至美泉宫附近的广场街。

7月，与费莉丝二度订婚。

8月，发现肺结核病征。

9月4日，被医生确诊为肺结核；后至波希米亚西北部曲劳（Zürau，又称Sirem）一处由小妹奥特拉经营的农场休养。自秋天至翌年春天，于日记上撰写许多箴言。费莉丝曾于9月前往探访两日。

12月，费莉丝造访布拉格，两人第二次解除婚约。

1918年（三十五岁） 居于曲劳至4月。

夏天，居于布拉格；访波希米亚北部城镇伦布尔克（Rumburg / Rumburk）。

9月，访奥匈帝国城镇图尔瑙（Turnau）。

11月起，定居捷克（捷克斯洛伐克共和国于当年10月成立）北部什雷森（Schelesen）疗养，于旅馆结识捷克犹太人朱莉·沃丽采克（Julie Wohryzek，1891—1944）。

1919年（三十六岁） 春天，回布拉格。

夏天，与朱莉·沃丽采克订婚。

10月，《在流放地》在德国由科尔特·沃尔夫出版社出版。

11月，与朱莉·沃丽采克订婚一事受到双亲强烈反对；咳血，于什雷森疗养；撰写《给父亲的信》（*Brief an den Vater*）。

1920年（三十七岁） 4月，于今意大利北部德语区南提洛（Südtirol）的梅兰镇（Meran）疗养；南提洛原为奥匈帝国（1867—1918）境内最高处，“一战”后被意大利吞并；与已婚的捷克女记者、翻译米莲娜·叶森思卡（Milena Jesenská，1896—1944）因《司炉》的捷克文翻译而开始书信往来，并陷入爱河。

春天，《乡村医生》由科尔特·沃尔夫出版社出版，收录短篇小说十四则。

7月，与朱莉·沃丽采克解除婚约。

夏天至秋天，居于布拉格，撰写多篇小短文。

12月中，赴塔特拉（Tatra）疗养。

1921年（三十八岁） 于塔特拉停留至8月。

秋天，再返布拉格。写成短篇小说《最初的苦痛》（*Erstes Leid*）。

1922年（三十九岁） 1月底至2月中旬，于捷克北部高山科克诺谢山的史宾德穆勒（Spindelmühle）疗养。后居于布拉格。

春天，写成短篇小说《饥饿艺术家》（*Ein Hungerkünstler*）。

1月至9月，撰写长篇小说《城堡》（*Das Schloss*）。

7月1日，结束在劳工事故保险局14年的任职。

7月底至9月中旬，随小妹奥特拉居于普拉纳（Plana）。

10月，《饥饿艺术家》发表于德国《新论坛报》（*Die Neue Rundschau*）。

1923年（四十岁） 居于布拉格。

6月，访德国北部近波罗的海的米里茨市（Müritz），与德国犹太人朵拉·迪亚曼特（Dora Diamant，1898—1952）相遇。

9月，自布拉格移居柏林，与朵拉同居。

10月，写成短篇小说《一名小女子》（*Eine kleine Frau*）。

1924年（四十一岁） 居于柏林，病情急速恶化，其时德国通货膨胀、政局不安。

3月，返布拉格，写成《女歌手约瑟芬或耗子民族》（*Josefine, die Sängerin oder Das Volk der Mäuse*）。

4月，由朵拉陪同，前往奥地利东部基尔林（Kierling）的疗养院接受治疗；病中校对短篇小说集《饥饿艺术家》。

6月3日，病逝于维也纳附近的基尔林市。

6月11日，安葬于布拉格史塔许尼兹（Straschnitz）的犹太墓园。

夏天，短篇小说集《饥饿艺术家》于德国柏林出版，共有故事四则。

1925年（死后一年） 长篇小说《审判》于德国柏林出版。

1926年（死后两年） 长篇小说《城堡》于德国慕尼黑出版。

1927年（死后三年） 长篇小说《美国》（马克斯·布罗德所题书名，原名为《失踪者》）于德国慕尼黑出版。

1931年（死后七年） 遗稿集《中国长城建造时》（*Beim Bau der chinesischen Mauer*）于德国柏林出版。

1934年（死后十年） 遗稿集《在法的门前》（*Vor dem Gesetz*）于德国柏林出版。

1935年至1937年 马克斯·布罗德主编《卡夫卡全集》共六册，于美国纽约出版。

1950年至1967年 马克斯·布罗德主编《卡夫卡全集》全十册，于德国法兰克福出版。

变形记：卡夫卡中短篇作品
德文直译全集

[奥]弗朗茨·卡夫卡 著
彤雅立 译

图书在版编目（CIP）数据

变形记：卡夫卡中短篇作品德文直译全集 /（奥）弗朗茨·卡夫卡著；彤雅立译. — 北京：北京燕山出版社，2021.1（2024.3重印）
（设计师联名书系. K经典）
ISBN 978-7-5402-4584-9

Ⅰ. ①变… Ⅱ. ①弗… ②彤… Ⅲ. ①中篇小说—小说集—奥地利—现代②短篇小说—小说集—奥地利—现代
Ⅳ. ①I521.45

中国版本图书馆CIP数据核字(2020)第185799号

Die Verwandlung

By Franz Kafka

Jacket design by Peter Mendelsund
本简体中文版翻译由台湾远足文化事业股份有限公司 / 缪思文化授权

选题策划	联合天际·文艺家工作室
特约编辑	张雪婷　王书平
美术编辑	程　阁
封面设计	Peter Mendelsund　刘彭新
责任编辑	战文婧　温天丽
出　　版	北京燕山出版社有限公司
社　　址	北京市西城区椿树街道琉璃厂西街 20 号
邮　　编	100052
电话传真	86-10-65240430（总编室）
发　　行	未读（天津）文化传媒有限公司
印　　刷	大厂回族自治县德诚印务有限公司
开　　本	787 毫米 ×1092 毫米　1/32
字　　数	44 千字
印　　张	2.625 印张
版　　次	2021 年 1 月第 1 版
印　　次	2024 年 3 月第 6 次印刷
I S B N	978-7-5402-4584-9
定　　价	45.00 元

关注未读好书

客服咨询

本书若有质量问题，请与本公司图书销售中心联系调换
电话：(010) 5243 5752